Valeria Messalina

Kaiserin von Rom

Birgit Furrer-Linse.

Birgit Furrer-Linse

Valeria Messalina

Kaiserin von Rom

Historischer Roman

Bibliografische Information der Deutschen
Nationalbibliothek:
Die Deutsche Nationalbibliothek verzeichnet diese
Publikation in der Deutschen Nationalbibliografie;
detaillierte bibliografische Daten sind im Internet über
http://dnb.dnb.de abrufbar.

Herstellung und Verlag: BoD – Books on Demand,
Norderstedt

ISBN: 978-3-7519-5955-1

Weitere Romane der Autorin Birgit Furrer-Linse:

… denn der einzige wahre Gott Ägyptens ist der Nil

Die Ägypter gaben ihr den Namen Nofretete

Die Kurtisane von Rom

Härter als Krebs

Ich, al Mansur, Herr über Cordoba

Die Seherin des Amun

Steppenbrand- Die Erben des Dschingis Khans

ISBN: 978-3-7519-5955-1

Epilog

Erschöpft betrat Messalina, gefolgt von ihrer Mutter Lepida und einer letzten ihr noch verbliebenen Sklavin, ihre Villa in den Lucullischen Gärten. Wie hatte sie diese Gärten, die schönsten von ganz Rom, doch immer geliebt. Wie viele berauschende Erinnerungen verbanden sie mit diesem Ort. Doch an diesem herrlichen Herbstmorgen hatte Messalina weder einen Blick für die Farbenpracht der bunten Blätter an den Bäumen noch für die letzten noch nicht geernteten reifen Trauben an den Weinreben. Obwohl die ersten Sonnenstrahlen bereits den Morgendunst durchbrochen hatten und es ein warmer, schöner Tag zu werden versprach, fröstelte Messalina. Ihr ganzer Körper zitterte, gepeinigt von einer Kälte, die aus ihrem Innern kam. Noch immer fassungslos starrte die Kaiserin vor sich hin in die weite, marmorgefliese Empfangshalle. Panische Angst begann erneut ihre Gesichtszüge zu verzerren, als sie die Blicke der anderen beiden Frauen forschend auf sich gerichtet fühlte. Messalina wusste nur zu genau, was diese stummen, ausdruckslosen Augen ihr zu sagen versuchten. Doch noch immer wollte die Kaiserin es nicht akzeptieren. Nein, noch konnte und wollte sie ihre Sache nicht als verloren ansehen. Wenn es ihr nur irgendwie gelingen würde, Claudius unter vier Augen zu sprechen, dann würde alles wieder gut werden. Claudius liebte sie. Er würde ihr abermals verzeihen und großzügig über ihre

Verfehlungen hinwegsehen, so wie er es immer getan hatte. Sie musste nur einen Weg finden, an Narcissus vorbei zum Kaiser zu gelangen.

Narcissus – Messalina verstand es noch immer nicht, warum ihr einstiger Verbündeter sich so plötzlich gegen sie gewandt hatte. Hatten sie beide nicht immer erfolgreich zusammengearbeitet? Warum dieser Wandel? Warum versuchte Narcissus sie zu vernichten, indem er ihr verweigerte, den Kaiser zu sehen? Er wusste doch genau, wie gut sie Claudius um den Finger wickeln konnte.

Ganz plötzlich blieb Messalina wie erstarrt stehen. Die Erkenntnis der Ursache traf sie wie ein Schlag ins Gesicht. Narcissus, der mächtige, gefürchtete Kabinettsekretär des Kaisers, er hatte Angst, Angst vor ihr, der Kaiserin. Nur das konnte der Grund sein. Niemand wusste besser über die üblen Machenschaften des beim Adel so verhassten Freigelassenen Bescheid als sie. Ein Wort von ihr zum Kaiser konnte Narcissus' Sturz bewirken. Deshalb verwehrte er ihr den Zutritt zum Kaiser. Er befürchtete, dass sie versuchen könnte, sich mit ihrem Wissen ihr Leben zu erkaufen.

Nervös schritt Messalina erneut im Atrium auf und ab, den weiten, roten Mantel eng an den Körper gezogen. Noch wusste sie nicht genau, ob ihr die eben gemachte Erkenntnis Furcht einflößen oder Hoffnung geben sollte. Ihr nächster Schritt musste in jedem Fall gut überlegt sein. Von ihm konnte ihr Leben abhängen. Verzweifelt versuchte die Kaiserin, ihre alte innere Ruhe und

Besonnenheit zurückzuerlangen, um ihre nächste Handlung planen zu können. Doch es wollte ihr nicht gelingen, die Panik in ihrem Innern zu bezwingen. Abermals durchflutete sie eine Woge von Angst und Schrecken. Schlaf! Wie sehr sehnte Messalina sich in diesem Augenblick nach etwas Ruhe, um einen klaren Kopf zu bekommen. Die letzten Stunden hatten sie stark mitgenommen. Da war erst das rauschende Hochzeitsfest gewesen, bei dem sie sich trunken der Liebe hingegeben hatte. Aus diesem Rausch hatte sie jäh die Nachricht vom Nahen der kaiserlichen Armee und der Zerschlagung ihres Komplotts gegen Claudius aufgeschreckt. Ganz plötzlich hatte die Kaiserin sich allein und verlassen wiedergefunden, beraubt all ihrer Macht, völlig ohne Freunde. Eben noch hatte die ganze Stadt ihr zugejubelt und mit ihr gefeiert. Nun hatten ihr plötzlich alle den Rücken gekehrt. Und zum ersten Mal in ihrem Leben war Messalina ratlos gewesen.

Auf einem Ochsenkarren, dem einzigen Gefährt, das sie in der Eile hatte finden können, war sie schließlich dem Heer entgegengefahren, um sich dem Kaiser vor die Füße zu werfen. Sie war bereit gewesen, sich vor Claudius zu demütigen. Doch der Kaiser hatte sie nicht empfangen. In ihrer Verzweiflung hatte sie sogar mit Gewalt versucht, zu ihm vorzudringen. Doch Narcissus hatte ihr drohend den Weg versperrt, und in seinen Augen war nur noch Hass und Verachtung für sie zu finden gewesen. In diesem Augenblick hatte Messalina begriffen, dass Narcissus ihren Tod wünschte. Doch noch lebte sie, noch konnte sie

Narcissus Pläne durchkreuzen. Sie wollte nicht sterben. Mit ihren vierundzwanzig Jahren war sie begierig darauf zu leben.

„Lydia", wandte sie sich an ihre Sklavin. „Geh sofort zu Narcissus. Er soll unverzüglich bei mir erscheinen. Sag ihm, es sei in seinem eigenen Interesse, mich nicht warten zu lassen."

Ergeben verneigte Lydia sich vor ihrer Herrin, bevor sie sich auf den Weg machte, den offensichtlich sinnlosen Befehl Messalinas auszuführen.

Nachdem Lydia gegangen war, wandte Lepida sich mit traurigem Blick an ihre Tochter.

„Er wird nicht kommen, Messalina. Begreif es doch endlich. Er hat sich von dir abgewandt, mein Kind. Alle haben sich von dir abgewandt. Es gibt jetzt nur noch einen Ausweg für dich, Messalina. Begeh Selbstmord, bevor der Henker kommt, um dich zu töten."

Mit weit aufgerissenen Augen starrte Messalina ihre Mutter an. „Ich will nicht sterben. Narcissus wird kommen. Er hat allen Grund mich zu fürchten. Mein Wissen würde ausreichen, ihn ans Kreuz zu bringen. Das kann er nicht wollen. Er muss versuchen, sich mit mir zu einigen."

„Oder aber dir für immer den Mund zu verschließen", fügte Lepida besonnen hinzu. „So wie ich ihn kenne, wird er dir keine Gelegenheit mehr geben, ihn beim Kaiser anzuzeigen. Doch selbst wenn es dir gelingen sollte, Claudius zu erreichen, glaubst du denn wirklich, er würde dir noch Glauben schenken, nach allem, was du getan hast? Vor den Augen der ganzen Stadt hast du

10

Hochverrat begangen. Das darf selbst Claudius dir nicht verzeihen. Sieh es doch endlich ein, Messalina. Es gibt für dich keinen Ausweg mehr. Du hast hoch gespielt und verloren. Ziehe jetzt die Konsequenzen."

„Es gibt immer einen Ausweg", schrie Messalina zornig auf.

Dann lief sie von Verzweiflung gepeinigt in ihr Schlafzimmer, warf den Mantel von sich und ließ sich auf ihr Bett fallen. Tränen traten ihr in die Augen, liefen ihr über die Wangen und benetzten schließlich das kostbare dünne Kleid, das sie trug.

Nein, schoss es ihr durch den Kopf, es war noch nicht vorbei. So durfte es nicht enden.

1.

Von innerer Vorfreude erfüllt, saß Messalina verträumt in dem schönen, prachtvoll angelegten Viridarium ihres Elternhauses und genoss den Duft des Oleanders, der die Luft durchdrang. Ihr Leben stand vor einer entscheidenden Wende. Ihre Eltern planten ihre Vermählung. Schon bald würde sie der Enge ihres Elternhauses und der Strenge ihrer Erzieher entfliehen können. Endlich würde sie die Freiheit haben, das zu tun, was sie wollte, ohne länger die ständigen Ermahnungen ihres Vaters Marcus Valerius Messala Barbatus und ihrer Mutter Domitia Lepida ertragen zu müssen. Eine verheiratete Römerin war eine freie Frau, mit eigenem Vermögen, über das sie nach Gutdünken verfügen konnte. Doch mehr noch als nach der Freiheit sehnte Messalina sich mit ihren sechzehn Jahren nach der starken Umarmung eines liebevollen Mannes. Marcus Vinicius war ein solcher Mann. Und Messalina wusste, dass ihre Eltern ihn als möglichen Ehemann bereits in die engere Auswahl gezogen hatten.

Natürlich war bei der Eheschließung an den guten Namen der Familie zu denken. Immerhin stammte sie mütterlicherseits bereits von niemandem geringerem als Octavia ab, der Schwester des Kaisers Augustus. Doch ihr Stammbaum bereitete Messalina kein Kopfzerbrechen. Ihre Eltern würden schon die richtige Wahl treffen und einen Mann finden, der der in der Ala des Hauses aufbewahrten Büsten der

Vorfahren gerecht werden würde. Darauf vertraute Messalina.

Sich ihr nähernde Schritte rissen das Mädchen plötzlich aus ihren Betrachtungen. Es war Lydia, ihre Lieblingssklavin und Vertraute, die sich ihr näherte. Lächelnd blickte Messalina ihr entgegen. Doch das Lächeln verflog jäh, als sie in Lydias Augen einen besorgten Ausdruck entdeckte.

„Was gibt es so Schlimmes, dass du an einem so schönen Tag wie dem heutigen ein so ernstes Gesicht machst?", fragte Messalina leichthin.

„Dein Vater wünscht dich zu sehen, Herrin. Du solltest besser gleich zu ihm gehen."

„Was kann denn so dringend sein?", wollte Messalina wissen.

Doch Lydia hob bedauernd die Schultern.

„Ich weiß es nicht, Herrin. Nur so viel. Eben war ein Bote des Kaisers hier. Nachdem er gegangen war, wirkte dein Vater äußerst besorgt. Du solltest besser gleich gehen."

Messalina nickte, erhob sich und verschwand in einem langen, auf der linken Seite des Hauses gelegenen Flur, der zur Bibliothek ihres Vaters führte. Instinktiv spürte sie, dass etwas geschehen war, das sie betraf. Doch was konnte das sein? Der Kaiser? Ein Bote des Kaisers bedeutete selten etwas Gutes. Und seit Caligula von seinem Britannienfeldzug zurückgekehrt war, bei dem er nichts weiter als Wagenladungen voll Muscheln nach Hause gebracht hatte, war er völlig unberechenbar geworden. Er ahnte wohl, dass die Armee ihm diese Demütigung, die er ihr zugefügt hatte, indem er, anstatt eine Schlacht zu schlagen, sie den Strand nach Muscheln hatte absuchen lassen, niemals verzeihen würde. Seine Furcht bekämpfte er mit Grausamkeit. Niemand war vor seinen Eskapaden mehr sicher. Was also hatte der Kaiser von ihrem Vater gewollt? Zögernd öffnete Messalina die Tür zur Bibliothek und blickte einen Augenblick lang unschlüssig in das angespannte Gesicht ihres Vaters.

„Du wolltest mich sprechen?"

Barbatus nickte.

„Ja, Messalina, ich muss mit dir sprechen. Der Kaiser hat uns heute Abend zum Essen in den Palast eingeladen, dich, deine Mutter und mich. Diese Einladung abzulehnen ist unmöglich. Es würde uns alle den Kopf kosten. Aber wer weiß, vielleicht verlieren wir ihn ja auch so. Caligula ist finanziell am Ende, und wir sind eine reiche Familie. Was läge da näher, als uns einer Verschwörung anzuklagen und unser Vermögen einzuziehen. Wir wären gewiss nicht die ersten, denen das passiert. Aber vielleicht hat die Einladung auch einen ganz anderen Grund. Darum möchte ich dich um Folgendes bitten. Was auch immer im Palast geschehen wird, mein Kind, versuche es hinterher zu vergessen. Es ist keine Schande, sich dem Unvermeidbaren zu beugen. Halte dich immer in meiner Nähe auf und versuche dich so weit wie möglich von Caligula fern zu halten."

Messalina nickte nachdenklich. Sie wusste nur zu genau, was ihr Vater meinte, auch wenn er es nicht aussprach. Keine Römerin war vor dem Kaiser sicher. Er nahm sich jede, die er begehrte,

14

um sie danach fortzuwerfen wie Abfall. Ein Schauer lief Messalina plötzlich über den Rücken. Sie erinnerte sich nur zu genau an das Schicksal der Livia Orestilla, die der Kaiser von ihrer Hochzeitsfeier entführt hatte, um sie nach drei Tagen zu ihrem Mann Piso zurückzuschicken. Beide hatten nach diesem Vorfall in die Verbannung gehen müssen. Dann war da Lollia Paulina gewesen, die der Kaiser ihrem Mann fortgenommen hatte, um mit ihr zu schlafen. Auch sie war kurze Zeit später von Caligula wieder entlassen worden, allerdings mit der Auflage, nie wieder mit einem anderen Mann schlafen zu dürfen. Caligulas derzeitige Frau Cäsonia, ein hässliches, fettes Weib, das dem Kaiser aber immerhin eine Tochter geboren hatte, schien Caligula trotz ihrer Frivolität nicht länger reizen zu können. Erneut ging der Kaiser auf Ausschau nach amüsanten Abenteuern. Hatte er vielleicht sie als nächstes Opfer ausersehen? Messalina stockte bei diesem Gedanken der Atem. Aus der Ferne hatte sie Caligula schon einige Male gesehen. Er war alles andere als der Traum eines jungen Mädchens. Auf einem zu fetten Körper hatte er einen viel zu kleinen, halb kahlen Kopf aus dem hohle, düstere, grausame Augen hervorstachen. Doch trotz dieser körperlichen Mängel war er der Göttliche, dem sich alle zu unterwerfen hatten. Und auf irgendeine Art schmeichelte Messalina Caligulas Interesse an ihr. Auch wenn der Kaiser unansehnlich und hässlich war, die Macht und der Glanz, die vom Kaisertum ausgingen, zogen Messalina magisch an.

In der Abenddämmerung trafen drei kaiserliche Sänften, eskortiert von Prätorianern, in der vornehmen römischen Villa auf dem Esquilin ein. In ihnen wurden Messalina und ihre Eltern zum kaiserlichen Palast auf dem Palatin getragen. Am Eingang des Palasts gab es einen kurzen Aufenthalt, denn jeder der Besucher musste seine Waffen ablegen. Der Kaiser lebte in ständiger Furcht vor einem Attentat. Darum durften nur die ihm treu ergebenen Prätorianer im Palast bewaffnet sein. Schließlich geleiteten bereitstehende Diener die eingetroffenen Gäste durch eine endlos scheinende Flucht von Gängen, Korridoren und Zimmern zu dem halb im Dunkel liegenden kaiserlichen Tablinum, wo jeder der Gäste eine Kline zugewiesen bekam.

Barbatus Blick streifte vorsichtig die übrigen Anwesenden, weil er hoffte, daraus vielleicht schließen zu können, was der Kaiser wieder einmal plante. Doch aus der Zusammenstellung der Geladenen war nichts Besonderes erkennbar. In ihren Augen spiegelte sich die gleiche Angst wider, die auch er hatte. Keiner der Gäste ahnte, ob er nicht als nächstes Opfer des Kaisers den Saal verlassen würde. Die zunehmende Unberechenbarkeit Caligulas war weithin bekannt. Der leiseste Verdacht oder ein falsches Wort genügten bereits, um den Tod zu finden. Aus diesem Grund gab es aus Caligulas Familie nur noch einen lebenden Verwandten in Rom, Claudius, den Onkel des Kaisers. Seiner Großmutter Antonia hatte er den Selbstmord befohlen, seine Schwester Drusilla war nach ihrer

16

Vermählung auf geheimnisvolle Weise gestorben und seine anderen beiden Schwestern, Agrippina und Julia, fristeten ihr Leben als Verbannte auf einer der südlichen Inseln Italiens. Der alte Claudius, der unweit der kaiserlichen Kline einen Platz eingenommen hatte, lebte, wie allgemein vermutet wurde, nur noch deshalb, weil er als harmloser Schwachkopf galt. Seit seiner Jugend durch Kinderlähmung gezeichnet, reizten seine körperlichen Gebrechen den Kaiser zu ständigem Spott. Barbatus Blick streifte den Alten mit einem geringschätzigen Lächeln. Außer ihm waren unzählige Senatoren anwesend, deren Stand am roten Streifen ihrer Toga zu erkennen war, sowie einige reiche Vertreter des Ritterstandes und die beiden Prätorianerführer Cornelius Sabinus und Cassius Chaerea. Voll Verachtung grüßte Barbatus die beiden Freigelassenen, Narcissus, den Geheimschreiber des Kaiser, und Pallas, den Obersteuereinnehmer, zwei der skrupellosesten Männer Roms.

Mit Anspannung warteten alle Anwesenden auf das Erscheinen des Kaisers. Doch der ließ sich wie gewöhnlich viel Zeit, um die Unsicherheit seiner Gäste noch zu verstärken.

Neugierig streifte auch Messalinas Blick die Runde, doch außer ihrer Mutter und sich konnte sie, abgesehen von lose bekleideten Sklavinnen, die die Gäste bedienten, keine Frauen entdecken. Eigentlich gehörte es sich für eine anständige Römerin auch nicht, an einem solchen Bankett teilzunehmen. Das wusste ihr Vater ebenso wie sie. Doch Barbatus würde es niemals wagen, einem

17

Befehl des Kaisers nicht Folge zu leisten. Er fürchtete sich vor Caligula, genau wie alle anderen. Nur Messalina empfand seltsamerweise keine Angst.

Mit dem Betreten des Palasts hatte sich ihr eine andere Welt aufgetan. Der Prunk, mit dem das Tablinum des Kaisers ausgestattet war, das schummrige Licht, das den Saal nur leicht erhellte, der schwere Blütenduft, der die Luft durchdrang, die halb nackten Musiker und Tänzerinnen, die die Gäste unterhielten, beschworen in Messalina bis dahin unbekannte Gefühle herauf, die das Mädchen faszinierten und fesselten. Darum übersah sie nur zu gern den ängstlichen, warnenden Blick ihres Vaters.

Schließlich, als die Gäste bereits ungeduldig zu werden drohten, erschien der Kaiser. Fast hätte Messalina ihn nicht erkannt. Völlig überraschend war er aus einer Nische hervorgetreten, aus der er seine Gäste gewiss seit geraumer Zeit beobachtet hatte. In ein langes, wallendes, blaues Frauengewand gekleidet, auf das mit feinen Goldfäden Mond und Sterne gestickt worden waren, grell geschminkt wie eine Hure aus dem Lupanar und mit einem Lorbeerkranz auf dem Kopf, nahm er die Huldigungen der Anwesenden entgegen. Ihm folgte Cäsonia, die Kaiserin, und ein junger, gutaussehender Mann, den Messalina zwar nicht kannte, der jedoch sofort ihren Blick fesselte.

„Wer ist das?", fragte sie leise ihren Vater.

„Der Schauspieler Mnester, der derzeitige Favorit des Kaisers."

18

Messalina verstand nicht sogleich, was ihr Vater meinte. Erst als sie Caligula mit Mnester in aller Öffentlichkeit Küsse tauschen sah, begriff sie. Doch während Caligula die Liebkosungen des anderen Mannes sichtlich genoss, machte Mnester einen weitaus weniger glücklichen Eindruck. Dies war der Augenblick, in dem Messalina zum ersten Mal in ihrem Leben zu ahnen begann, was es bedeuten konnte, Macht zu besitzen. Der Mächtige konnte sich nehmen, was er wollte. Er musste auf die Gefühle der anderen keine Rücksicht nehmen.

Auf einen Wink des Kaisers begannen die Sklaven das Essen hereinzutragen. Noch niemals zuvor in ihrem Leben hatte Messalina derart ausgefallene Köstlichkeiten gekostet, wie sie ihr an diesem Abend geboten wurden, Singvögel und Geflügel, Tintenfisch und Krebse, Datteln, Melonen und Feigen, ganze Wildschweine, Hirsche und Spanferkel sowie Honiggebäck wurden in den Saal getragen. Dazu floss der Falernerwein in Strömen. Vor allem der Genuss des Weins schien bei den meisten Gästen die Stimmung erheblich zu verbessern. Alle Ängste schienen vergessen. Interessiert beobachtete Messalina, die an ihrem Becher nur genippt hatte, wie unter der Wirkung des Alkohols die Reden loser wurden. Beim Auftritt junger Nubierinnen, die nur mit einem Gürtel um die Taille bekleidet waren, flogen die letzten Hemmungen. Jeder der Gäste versuchte nach dem Tanz eines der Mädchen für sich zu erhaschen. Und die Mädchen ließen sich nicht lange bitten.

Fragend blickte Messalina zu ihrem Vater hinüber, der das Treiben mit grimmiger Mine verfolgt hatte. Als Römer der alten Schule war er gegen jede Art von Ausschweifungen. Doch besonders verwerflich fand er es, dass seine Frau und seine Tochter diesem Treiben zusehen mussten.

Schon bald wanderte Messalinas Blick erneut voll Neugier durch den Raum, streifte das unwürdige Treiben der sonst so ehrenwert scheinenden Senatoren und Ritter Roms und blieb schließlich fasziniert an einem schmalen, asketisch aussehenden Mann hängen, der genau wie sie das Treiben zu beobachten schien. Doch in seinem Blick waren weder Lust noch Spuren eines Rauschs zu finden. Irrte sie sich, oder zeichnete sich um seine Mundwinkel so etwas wie Verachtung ab? Wer war dieser Mann, der sich so sehr von den anderen unterschied? Fragend wandte Messalina sich an ihren Vater.

„Der", erwiderte Barbatus, „Das ist Narcissus, der Geheimschreiber des Kaisers. Er ist ein äußerst gefährlicher Mann. Seinem Blick entgeht nichts. Man sagt, in seinem Herzen gibt es nur ein Gefühl, und das ist die Liebe zum Geld. Ansonsten ist er zu keiner menschlichen Regung fähig."

Messalinas Interesse war geweckt. Noch einmal blickte sie zu Narcissus, den die Zügellosigkeit um sich herum nichts anzugehen schien. Dabei trafen sich ihre Blicke für einen kurzen Augenblick. Ungewollt zuckte Messalina unter den kalten, leeren Augen des Freigelassenen zusammen. Völlig verwirrt wandte sie ihren Blick schnell ab.

Schon bald zeigten die nackten Mädchenkörper, die suchenden Hände und benebelten Sinne ihre letzten Auswirkungen. Einige Paare zogen sich diskret in eine Nische zurück, andere fanden nichts dabei, sich in aller Öffentlichkeit der Befriedigung ihrer Sinne hinzugeben.

Caligula beobachtete das Geschehen frohgelaunt, während er sich völlig den Zärtlichkeiten Mnesters überließ. Schließlich blieb sein Blick an seinem Onkel Claudius hängen und ein spöttisches, grausames Grinsen durchzuckte sein Gesicht.

„Nun, mein Onkel, sie gefällt dir wohl, die kleine Nubierin, die du dir da eingefangen hast?", fragte er höhnisch.

„Ja, Cäsar", stotterte Claudius verwirrt. Wann immer sein Neffe sich seiner Gegenwart bewusst wurde, das wusste Claudius, war nichts Gutes zu erwarten. Welch abscheulichen Spaß würde der Kaiser wohl heute mit ihm treiben?

Caligulas Grinsen wurde noch breiter.

„Sieh an, sieh an!" Die grelle Stimme des Kaisers durchdrang den Raum. „Noch immer lüstern, mein guter Onkel. Und immer eine andere. Das ziemt sich in deinem Alter wohl kaum noch. Darum habe ich in meiner göttlichen Gnade beschlossen, dich zu verheiraten."

„Aber Cäsar! Welche Frau von Stand will mich schon?", stotterte Claudius ängstlich, während seine Nase, wie immer, wenn er erregt war, zu tropfen begann. „Du weißt selbst, göttlicher Caligula, dass ich schon zwei Mal verheiratet war. Doch keine meiner Ehen ist gutgegangen."

„Das hat nichts zu sagen. Auch ich war mehrmals verheiratet, bis ich endlich die richtige Frau fand. Schau, ich habe heute den edlen Marcus Valerius Messala Barbatus eingeladen, denn es ist mir zu Ohren gekommen", fuhr er mit grausamem Spott in den Augen fort, „dass er einen Ehemann für seine Tochter sucht. All das fügt sich doch wunderbar zusammen. Mein Onkel sucht eine Frau, Messalina einen Mann. Was läge da näher, als die beiden zusammenzufügen?" An Barbatus gewandt fügte der Kaiser drohend hinzu: „Bedenke, nicht jedem wird eine solche Ehre wie dir zuteil. Durch diese Ehe wirst du ein Mitglied des Kaiserhauses werden."

Claudius blickte verwirrt zu Barbatus. Barbatus starrte voll ungläubigem Entsetzen den Kaiser an, unfähig, eine passende Antwort zu finden.

„Oder hältst du meinen Onkel vielleicht nicht für gut genug?"

„Durchaus nicht, Cäsar", brachte Barbatus schließlich stockend hervor. „Cäsar erweist sich wirklich großzügig meiner Familie gegenüber."

Caligula nickte befriedigt.

„Dann wäre ja alles geklärt", frohlockte er hämisch. „Du, mein lieber Onkel Claudius, bekommst eine reiche Frau und musst mir somit nicht länger auf der Tasche liegen. Und du, Barbatus, wirst Mitglied des Kaiserhauses, was du damit würdigen kannst, dass du ein Viertel der Aussteuer deiner Tochter an die kaiserliche Kasse überweist. Damit wäre jedem von uns gedient."

Sprachlos hatte Messalina den Handel, der eben vor ihren Augen abgeschlossen worden war, verfolgt. Doch selbst als das letzte Wort des Kaisers in dieser Angelegenheit gesprochen worden war, dauerte es geraume Zeit, bis Messalina sich der Tragweite des Ereignisses bewusst wurde. Flehend schaute sie von ihrem Vater zu ihrer Mutter. Doch beide sahen sie nur resignierend an. Entsetzt starrte Messalina zu Claudius hinüber, der auf Geheiß des Kaisers auf seinen dünnen, wackligen Beinen zu ihr hinüber zu stolpern begann. Ein Aufschrei aus ihrem Innern blieb in ihrer Kehle stecken. Noch immer völlig benommen nahm sie wahr, wie Claudius sich auf ihrer Kline niederließ und sie mit lüsternen Augen ungläubig betrachtete. Sein trunkener Atem schlug ihr entgegen, als er ihr unbeholfen irgendetwas zuzuflüstern begann, das sie vor lauter Entsetzen jedoch nicht hörte. Zu sehr stand sie noch unter dem Schock des Geschehenen. Hilfesuchend durchmaß ihr Blick den Saal, doch außer allgemeiner Erleichterung über die Tatsache, dass das Opfer dieses Abends feststand, konnte Messalina bei den Anwesenden keinerlei Regung feststellen. Allein Narcissus, der Geheimschreiber des Kaisers, schien noch an ihr interessiert. Doch es war nicht das erhoffte Mitgefühl, das in seinem Gesicht geschrieben stand, sondern lauernde Neugier. Zornig wandte Messalina ihren Blick von ihm ab.

Claudius, durch ihr Schweigen ermutigt, rückte näher an sie heran. In seinem Gesicht entdeckte Messalina eine besitzergreifende lüsterne Gier, die die Bitterkeit in ihr zu Wut werden ließ.

„Ich will dich nicht. Niemals werde ich dich wollen", hörte sie eine innere Stimme schreien.

„Du bist alt, hässlich und abstoßend. Niemals werde ich dich lieben." Doch Messalina wagte es nicht, ihre Gefühle auszusprechen. Sie wusste nur, dass sie Caligula für das, was er ihr antat, ewig hassen würde, ebenso wie sie plötzlich ihren Vater verabscheute, weil er nicht den Mut hatte, sich dem Kaiser entgegenzustellen. Doch selbst dieser Zorn in ihr wurde erstickt, als Claudius sie voll Begehren auf die Lippen zu küssen begann. Nichts als ein Gefühl tiefer Abscheu und Ohnmacht blieben in Messalina zurück.

Als Messalina am nächsten Morgen in ihrem Bett erwachte, glaubte sie zuerst voll Hoffnung daran, einen bösen Traum gehabt zu haben. All das Erlebte konnte nicht der Wirklichkeit entsprungen sein. Sie musste es geträumt haben. Doch als sie einige Augenblicke später ihre Mutter neben ihrem Bett sitzen sah, wich dieser Hoffnungsschimmer von Messalina. Es war also doch geschehen. Sie würde Claudius, den Onkel des Kaisers, heiraten müssen. Die umschatteten, geröteten Augen ihrer Mutter bestätigten ihr all dies deutlich. Schluchzend stürzte Messalina sich in Lepidas Arme.

„Gibt es denn gar keinen Ausweg, Mutter? Mit diesem Ehemann mache ich mich zum Gespött der ganzen Stadt."

„Ich weiß, mein Kind, ich weiß", versuchte Domitia Lepida ihre Tochter zu beruhigen. „Aber leider bleibt uns im Augenblick gar keine andere Wahl, als diese Ehe zu akzeptieren. Versuch dich

24

damit zu trösten, dass deine Ehe ja nicht ewig währen muss. Vielleicht ist nach einiger Zeit die Scheidung möglich? Gründe für eine solche lassen sich immer finden."

Doch diese von ihrer Mutter angedeutete Möglichkeit tröstete Messalina an diesem Morgen kein bisschen.

„Ich kann an Claudius nicht denken, ohne dass mich sofort der Ekel überkommt", klagte sie zornig. „Er ist ein verkrüppelter Trottel. Alles an ihm ist widerlich."

„Gewiss", bestätigte Lepida. „Du hast ja recht. Andererseits ist Claudius aber auch ein sehr geduldiger, gutmütiger Mann. Er wird dir vieles nachsehen. Vergiss das nicht."

Nachdenklich verzog Messalina ihr etwas plump geratenes Gesicht. Plötzlich erhellte eine Idee ihre Gesichtszüge. Nein, ihre Ehe mit Claudius würde gewiss nicht lange währen. Es gab viele Möglichkeiten, ihn schnell wieder loszuwerden. Wenn sie ihn in aller Öffentlichkeit betrog, würde er sich von ihr scheiden lassen müssen. Oder sie könnte ihn der Verschwörung gegen den Kaiser beschuldigen. Niemand würde lange nach dem Wahrheitsgehalt dieser Anschuldigung fragen, am wenigsten der Kaiser. Sein Kopf würde rollen, und sie wäre ihn los. Neue Hoffnung durchströmte Messalina an diesem trostlos scheinenden Morgen.

„Es ist gut, Mutter. Ich kenne meine Pflicht", sagte sie fest. „Du kannst mich jetzt ruhig allein lassen."

Lepida, der der plötzliche Stimmungswechsel ihrer Tochter nicht entgangen war, erklärte Messalina vorsichtig: „Der Ehevertrag soll heute Morgen aufgesetzt und unterschrieben werden. Der Kaiser selbst will das Hochzeitsfest im Palast ausrichten. Und ab morgen, Messalina, sollst du bei Claudius auf dem Palatin wohnen."

Doch die Ankündigungen Lepidas riefen bei Messalina keinerlei Regung hervor. Mit zusammengekniffenen, böse funkelnden Augen entgegnete sie ruhig: „Ich habe verstanden, Mutter. Und jetzt geh, und lass mich bitte allein. Nach der Morgentoilette möchte ich gern in den Tempel der Vesta gehen, um ihr ein Opfer darzubringen. Ich will die Göttin um ihren Segen für diese Ehe bitten. Und danach habe ich sehr viel zu tun, um mich auf das Fest vorzubereiten."

Lepida nickte stumm. Dann stand sie auf und verließ das Cubiculum Messalinas. Der plötzliche Stimmungswechsel ihrer Tochter bereitete ihr Sorgen, kannte sie Messalina doch nur zu genau. Sie war schon immer jähzornig, launenhaft, rachsüchtig und nachtragend gewesen. So mancher Sklave des Hauses hatte das an seinem Körper zu spüren bekommen. Dass Messalina nun plötzlich ihren berechtigten Zorn hinter einer Mauer der Gleichgültigkeit zu verbergen suchte, erschien ihr darum besonders bedenklich. Denn so viel war für Lepida sicher. Um eine glückliche Ehe würde Messalina die Göttin nicht bitten, sondern eher um das baldige Ableben des glücklichen Bräutigams. Lepida hatte für diese Bitte ihrer Tochter sogar Verständnis. Angst bereitete ihr nur, dass Messalina in ihrer Wut vielleicht eine Unvorsichtigkeit begehen konnte, die am Ende nicht Claudius, sondern sie selbst zu Fall bringen würde.

Schweigend schritt Messalina die Stufen zum Tempel der Vesta hinauf, überreichte dem Tempeldiener am Tor zwei Tauben als Opfergabe und verschwand dann im Innern des Tempels. Von Verzweiflung gepeinigt, blieb sie vor dem großen Götterbild stehen, vor dem das von den Vestalinnen gehütete heilige Feuer der Stadt Rom brannte und blickte hilfesuchend zum Gesicht der goldenen Göttin empor. Doch das Bild zeigte keinerlei Regung, schien ihren Schmerz überhaupt nicht wahrnehmen zu wollen. Enttäuscht wandte Messalina sich schließlich zum Gehen. Wie hatte sie von der gestrengen Vesta, die von ihren sechs Priesterinnen während ihrer dreißigjährigen Dienstzeit völlige Keuschheit verlangte, Hilfe und Trost erwarten können? Eingedenk der strengen Lebensführung der Vestalinnen fragte Messalina sich plötzlich, was ihr wohl schlimmer erschien, dreißigjährige Keuschheit oder die Ehe mit Claudius. Messalina musste nicht lange überlegen. Sie kannte die Antwort. Das heiße, wallende Blut in ihren Adern würde Entsagung niemals ertragen können. Selbst ein Mann wie Claudius erschien ihr besser als strenge Keuschheit. Vielleicht war dies der einzige Trost, den ein Ort wie dieser ihr geben konnte. Von neuer Zuversicht erfüllt, verließ Messalina den Tempel. Von Weitem grüßte sie Vibida, die älteste der sechs Vestalinnen, eine Frau, die über jede fleischliche Versuchung erhaben schien. In ihrem glatten, ausdruckslosen, keinem Alter unterworfen scheinenden Gesicht spiegelte sich ein Frieden wider, von dem Messalina nur zu gut wusste, dass sie ihn nie erlangen würde. In wessen Adern das Blut eines Marc Anton floss, der war für die Leidenschaft geboren. Und vielleicht würde sie, genau wie er, auch einmal an ihr zugrunde gehen. Doch die ferne Zukunft zählte nicht. Wichtig war nur das Jetzt. Irgendwie musste es ihr gelingen, dieses zu meistern.

Auf der Straße, die vom Esquilin zum Palatin führte, hatten sich viele Menschen versammelt, als Messalina und ihre Eltern in ihren Sänften zum Palast getragen wurden. Die Nachricht von der unerwarteten Hochzeit hatte sich wie ein Lauffeuer verbreitet. Voll Neugier wurde die junge Braut betrachtet. Manche empfanden Mitleid mit dem jungen Mädchen. Andere wiederum fühlten nichts als Schadenfreude, wähnten sie sich selbst vor Caligulas Launen doch sicher, da sie mittellos waren. Dass diese Hochzeit allein der Auffüllung der kaiserlichen Kasse diente, war kein Geheimnis. Der Luxus und Pomp, mit dem Caligula Hof hielt, verschlang weit mehr, als der Kaiser durch Steuern einnahm. So wurden durch den Freigelassenen Pallus ständig neue Steuern eingeführt, die die allgemeine Unzufriedenheit weiter schürten. Hatte man bei der Thronbesteigung Caligulas alle Hoffnungen auf den jungen Prinzeps gesetzt und von ihm erwartet, dass er die Schreckensherrschaft des Tiberius endlich beenden würde, so hatte

Caligula sich schon bald als noch schlimmer erwiesen. Vor Kurzem erst hatte der Kaiser dem Senat allen Ernstes vorgeschlagen, in Zukunft den ehelichen Beischlaf zu besteuern, was die Senatoren jedoch entsetzt abgelehnt hatten. Ihr Unwille gegen den exzentrischen Kaiser wuchs. Und auch unter den Prätorianern, die der Willkürherrschaft Caligulas ein Ende setzen wollten, gärte es. Doch von all dem ahnte Messalina nichts, als sie an diesem Nachmittag in den Palast getragen wurde.

Schwerer Blütenduft erfüllte das kaiserliche Tablinum, als Messalina den Raum betrat. Claudius kam ihr am Eingang entgegen und führte seine Braut zu einer Doppelkline, die neben der kaiserlichen Kline aufgestellt worden war. Doch Messalina empfand wenig Freude über die Ehre, neben dem Prinzeps speisen zu dürfen. Sie fühlte sich in der großen Gesellschaft recht hilflos und verloren. Ihre Eltern hatten am Ende des Saals einen Platz zugewiesen bekommen. So war Messalina gezwungen, sich allein mit Claudius zu unterhalten. Doch es fiel ihr wenig ein, über das sie sich mit dem ihr uralt erscheinenden Onkel des Kaisers hätte unterhalten können. Und Claudius' gestotterte Antworten ließen sie bald wünschen, dass er endlich den Mund halten würde. Von seinen Studien, von denen er ihr zu erzählen versuchte, verstand Messalina ohnehin nichts, und es interessierte sie auch nicht, etwas darüber zu erfahren. Die römische Geschichte und Gesetzgebung erschienen ihr ebenso verstaubt wie der Mann neben ihr. Schon bald begann sie sich zu fragen, wie sie diesen Abend nur überstehen sollte. Wann endlich würde der Kaiser kommen, um dieser gezwungenen Konversation ein Ende zu bereiten?

Doch wie immer ließ Caligula sich mit seinem Erscheinen Zeit. Die Atmosphäre im Saal war bereits zum Zerreißen angespannt, als der Kaiser als Gott Apoll verkleidet den Saal betrat. Bei seinem Eintreten ergoss sich von der Decke des Saals ein Meer von Blüten auf die Gäste. Dieses Schauspiel entlockte den Geladenen begeistertes Erstaunen. Auch Messalina konnte einen Ausruf des Entzückens nicht unterdrücken.

Auf einen Wink des Kaisers begannen Sklaven die Vorspeisen hereinzutragen. Auf großen Silberplatten wurden Eier und Muscheln, Oliven, mit Honig übergossene Haselmäuse und Singvögel, Trüffel, Datteln, Granatapfelkerne und Pflaumen herumgereicht. Als nächstes Gericht wurde von Sklaven ein dampfendes Wildschwein hereingetragen, in dessen Innern sich Brat- und Blutwürste verbargen. Dem Schwein folgten kunstvoll verzierte Gänse, Hühner und Flamingos sowie gegarte Fische, die in einem Teich aus Wein schwammen. Den Abschluss des Hauptgerichts bildete ein großer gegarter Bulle, der auf einem Wagen in den Saal geschoben wurde. Die Nachspeise setzte sich aus Kuchen, Törtchen und kandierten Früchten zusammen.

Messalina aß wenig, während sie mit wachsendem Unmut Claudius dabei beobachtete, wie er die dargebotenen Speisen gierig in sich hineinschlang. Nebenher stürzte er einen Kelch

30

Wein nach dem anderen hinunter, sodass sein Stottern schon bald durch ein Lallen ersetzt wurde, was Messalina unangenehm berührte. Sie schämte sich für das Benehmen ihres Ehemanns, der in seiner Ausgelassenheit kein Maß zu kennen schien. Doch außer dem Kaiser, der Claudius Trunkenheit mit einem spöttischen Grinsen bedachte, schien niemand von dem Zustand ihres Ehemanns Notiz zu nehmen. Das änderte jedoch nichts an Messalinas Zorn. Angewidert wandte sie sich von Claudius ab.

Als das Mahl schließlich vorüber war, war Claudius neben Messalina eingeschlafen. Er musste in das für sie vorbereitete Brautgemach von zwei kräftigen Sklaven getragen werden. Wütend betrachtete Messalina ihren frischgebackenen, im Bett liegenden und schnarchenden Ehemann eine Weile, nachdem die Sklaven sich zurückgezogen hatten. Nein. So hatte sie sich ihre Ehe nicht vorgestellt. Vor Zorn bebend fragte sie sich, warum sie sich von ihren Dienerinnen eigentlich in dieses hauchdünne, feine Gewand hatte hüllen lassen. Für einen hässlichen, alten, schnarchenden Mann, der sich noch dazu unterstand, sich in ihrer Hochzeitsnacht sinnlos zu betrinken. Gewiss, sie hatte sich davor gefürchtet, mit Claudius das Bett teilen zu müssen. Doch dass er sie nach allem nun auch noch in dieser grausamen Art schmähte, erschien ihr noch unerträglicher. Für diese Demütigung würde er bezahlen, das schwor sich Messalina. Lieber wollte sie sich vom Kaiser als Ehebrecherin auf eine der Verbanntoninseln schicken lassen, als Claudius diese Schmähung nicht heimzuzahlen. Zornig zerrte Messalina an dem feinen, dünnen Stoff ihres Kleides, bis er zerriss.

Doch plötzlich hielt sie in ihrem Vorhaben inne. Ein unbestimmtes Gefühl sagte ihr, dass sie mit ihrem schnarchenden Ehemann nicht mehr allein war. Deutlich spürte sie einen bohrenden Blick in ihrem Rücken. Langsam, ängstlich drehte Messalina sich um, ihre entblößten Brüste unter gekreuzten Armen verbergend. Ein leiser Schrei des Entsetzens entfuhr ihr, als sie Caligula hinter einem Vorhang hervortreten sah. Wie war er nur unbemerkt hereingekommen? Und vor allem, was wollte er hier? Zitternd bemerkte Messalina das spöttische, grausame Grinsen, das die Mundwinkel des Kaiser umspielte. Außer einem Lorbeerkranz auf dem Kopf, den er, wie einst Cäsar, fast immer trug, um seinen kahlen Kopf zu verbergen, und dem weitern Umhang, den er am Abend getragen hatte, war Caligula nackt. Am ganzen Körper von einer seltsamen Spannung erregt, begann Messalinas Atem zu rasen. Sie wusste in diesem Augenblick nicht mehr, was sie mehr bewegte, ihre Wut, ihre Angst oder ihre Neugier vor jenen ihr noch fremden Gefühlen, die jedoch schon lange ihre Fantasie erregten. Sie musste nicht fragen. Sie wusste plötzlich genau, warum der Kaiser gekommen war. Und sie fühlte nur zu deutlich, dass sie willig war, dieser Verlockung zu erliegen, obwohl der Mann vor ihr alles andere als ansehnlich war. Doch er war der Kaiser. Seine Person verkörperte Macht und

32

Einfluss. Und das bedeutete für Messalina weit mehr als Schönheit und Liebe.

In den wenigen Augenblicken, in denen Messalina Caligula gegenüberstand, war ein neues Gefühl in ihr erwacht – der Ehrgeiz. Wer konnte schon wissen? Vielleicht, wenn sie keinen Fehler machte, würde sie die neue Kaiserin Roms werden. Bei Caligula war nichts unmöglich.

Willig ließ sie sich vom Kaiser auf das Bett drücken. Ohne Widerstand gab sie ihren Körper seinen Händen preis, bis der Kaiser schließlich, fortgerissen von seiner zügellosen, animalischen Gier, die durch ihre jungfräuliche Unerfahrenheit noch verstärkt wurde, in sie drang.

Nach einem kurzen Aufschrei des Schmerzes, den sein Eindringen bei Messalina verursacht hatte, fühlte Caligula, wie ihr Körper sich dem seinen lüstern entgegendrängte. Derart wilde Leidenschaft hatte er bisher noch bei keiner Frau zu wecken vermocht. Sein Instinkt hatte ihn nicht getäuscht. Messalina war in dieser Hinsicht etwas ganz Besonderes. Fasziniert überließ Caligula sich völlig seinen Trieben. Beide schienen sie den schnarchenden Claudius ganz vergessen zu haben. Die Erinnerung an die Anwesenheit des alten, trottligen Mannes versank im Rausch der Begierde.

Als Messalina am nächsten Morgen erwachte, fand sie sich allein neben Claudius wieder, der wach neben ihr lag und sie nachdenklich betrachtete. Der Rausch süßen Entzückens, der in Messalinas Körper immer noch nachebbte, verschwand jäh beim Anblick der rauen Wirklichkeit. Noch immer leicht benommen fragte

Messalina sich, ob der Kaiser wirklich letzte Nacht bei ihr gewesen war, oder ob er ihr am Ende nur im Traum erschienen war. Unsicher blickte sie um sich. Erst das am Boden liegende, zerrissene Gewand und das mit Blut befleckte Leinentuch zwischen ihren Schenkeln gaben ihr Gewissheit.

Claudius Augen, die betrübt ihrem gleitenden Blick gefolgt waren, nahmen ihr den letzten Zweifel.

„Ich konnte nichts dafür", begann sie sich sogleich zu verteidigen, als ihr bewusst wurde, dass Claudius über den nächtlichen Überfall informiert war. „Wie hätte ich mich weigern können? Er ist der Kaiser."

Zustimmend nickte Claudius.

„Ich weiß", stotterte er betrübt. „Er ist der Kaiser. Darum glaubt er, sich nehmen zu dürfen, was ihm gefällt. Wer sollte es einem Gott wie Caligula verwehren können, seinen Spaß zu haben? Ich gestehe es offen. Ich bin zu feige, meine Frau vor ihm zu schützen. Wie könnte ich da von dir verlangen, mutiger zu sein. Doch lass dir von einem alten, erfahrenen Mann einen Rat geben. Gib dich keinen Illusionen hin, Messalina. Du bist ebenso ein Opfer des Kaisers geworden wie ich. Heute heißt sein Spiel Liebe, morgen vielleicht Tod. Es sind die einzigen beiden Spiele, die ihm wirklich Freude und Genugtuung bringen. Nimm dich also in Acht."

Bei den Worten des Claudius lief Messalina ungewollt ein Schauer über den Rücken. Sie wusste, dass hinter Claudius' Worten viel Wahrheit steckte. Angstschweiß bildete sich auf ihrer Haut. Schluchzend warf sie sich dem so viel älteren Mann an die Brust, um bei ihm Schutz und Trost zu finden. Und Claudius versagte ihr beides nicht. Was er ihr gab, war eine zarte, feinfühlige Zuneigung, die im krassen Gegensatz zu der fordernden, wilden Leidenschaft stand, die sie mit Caligula erlebt hatte. Undeutlich ahnte Messalina unter lustvollem Stöhnen, dass sie von beidem etwas brauchte, um wirkliche Erfüllung zu finden.

2.

Cornelius Sabinus, der Prötorianerhauptmann, und Cassius Chaerea, sein Stellvertreter, wechselten bedeutungsvolle Blicke. Sie waren sich einig. Gaius Caligula musste sterben. Die immer verrückter werdenden Ausschweifungen des Kaisers ließen den beiden altgedienten Soldaten keine andere Wahl. Sie mussten handeln, bevor es zu spät war, bevor der immer misstrauischer werdende Prinzeps auch sie in Verdacht hatte, an einer Verschwörung gegen ihn beteiligt zu sein.

„Es ist mehr als genug", donnerte Cornelius Sabinus zornig. „Inzest, Verstümmelungen, ungesetzliche Besitzaneignungen und willkürliche Hinrichtungen allein wären schon ein Grund, diesem Kaiser das zu geben, was er verdient. Doch nicht genug damit, dass er für jeden anständigen Römer eine Gefahr ist. Nein, nun hat er es auch noch gewagt, die ganze römische Armee zu demütigen. Von seinem neusten Glanzstück einmal ganz abgesehen. Nur weil Caligula beschlossen hat, ein Gott zu sein, stürzt er die Provinz Judäa in Aufruhr."

„Du sprichst mir aus dem Herzen", bestätigte Cassius Chaerea. „Die Juden werden es niemals zulassen, dass die Statue Caligulas in ihrem Heiligtum aufgestellt wird. Selbst Herodes Agrippa, den er zum König von Judäa machen will, wird es nicht gelingen, die Wogen des Aufruhrs zu glätten. Wir müssen handeln, und zwar schnell. Nur so können wir es verhindern, dass noch mehr römisches Blut für Caligula vergossen wird. Der Kaiser muss sterben, je eher, umso besser für Rom."

Zustimmend nickte Cornelius Sabinus.

„So soll es sein. Wir töten Caligula mit seiner ganzen Familie und errichten erneut eine Republik. Wann sollen wir das Attentat durchführen? Der Kaiser ist jedermann gegenüber misstrauisch wie nie zuvor. Selbst unseren Prätorianern traut er nicht mehr. Er ist nirgends ohne seine germanische Leibwache anzutreffen. Ein Mord aber kann nur mit Sicherheit gelingen, wenn wir uns in kein unnötiges Gemetzel mit den Germanen verstricken. Wir müssen auf eine günstige Gelegenheit warten, um den Kaiser allein anzutreffen."

„Auch ich habe mir über diesen Punkt bereits Gedanken gemacht. Der beste Ort, ein Attentat erfolgreich durchzuführen, ist das Theater. In seiner Loge ist Caligula meist allein. Wir sollten es während der nächsten Zirkusspiele tun. Und die ganze Stadt Rom wird Zeuge sein, wie der Tyrann stirbt."

„Einverstanden", stimmte Cornelius Sabinus zu. „Bei der nächsten Möglichkeit, die sich im Theater bietet, soll es geschehen."

Damit war zwischen den beiden Prätorianerführern der Tod Caligulas beschlossen. Doch so schnell, wie die beiden es sich gewünscht hatten, bot sich ihnen keine Gelegenheit.

Der Kaiser, von Ängsten und Wahnvorstellungen getrieben, mied plötzlich die Öffentlichkeit. Fast schien es, als ahnte er, was vor

37

ihm lag. Seine Nächte verbrachte er, von panischer Furcht erfüllt, wach. Meist kam erst mit der aufgehenden Sonne ein kurzer, erlösender Schlaf über ihn, der seinem kranken Gemüt ein wenig Ruhe schenkte. In langen, wallenden Gewändern, die Augen dunkel umringt, eine Folge der anhaltenden Schlaflosigkeit, schlich Caligula am Tag, einem Gespenst gleich, durch den Palast. Außer seiner germanischen Leibwache und seinem Geheimschreiber duldete er seit Wochen niemanden mehr in seiner Umgebung. Immer wieder erteilte er Narcissus Mordbefehle, verwarf sie dann wieder, um bald darauf andere Hinrichtungen anzuordnen.

„Ja, Narcissus, ich bin mir jetzt ganz sicher. Auch Rufus steckt hinter dem Komplott gegen mich. Und dann natürlich dieser verflixte Seneca. Eigentlich sollte er doch schon längst tot sein. Vielleicht tut er nur so, als ob er krank wäre? Man sollte das einmal überprüfen. Und dann ist da noch Claudius. Auch ihm ist nicht zu trauen. Am Ende strebt der alte Narr selbst nach der Kaiserwürde. Sicher ist sicher. Ich sollte ihn hinrichten lassen zusammen mit seinem Weib, diesem Biest. Vielleicht ist sogar Mnester gegen mich. Sein Kopf ist der nächste, der fällt."

Doch letztendlich endeten alle Erwägungen Caligulas, nicht zuletzt wegen Narcissus beschwichtigender Worte, in ratloser Resignation. Narcissus Warnung davor, weiter Willkür walten zu lassen, da diese dem Kaiser nur weitere Feindschaften einbringen würden, schreckte Caligula zurück.

Narcissus ertrug die zunehmende geistige Verwirrung des Kaisers mit vorgetäuschter Gleichgültigkeit. Dass sich hinter seiner gelassenen Mine Furcht verbarg, wusste niemand. Doch Narcissus hatte Angst. Er erkannte deutlich, dass die Tage Caligulas gezählt waren. Was würde aus ihm werden, wenn der Kaiser starb? Es lag nahe, sich des Vertrauten Caligulas ebenfalls zu entledigen. Nur zu deutlich spürte Narcissus die Schlinge, die sich täglich enger um seinen Hals zusammenzuziehen schien. Wie sollte er sich ihrer entledigen? Er war zu lange auf der Seite des Kaisers gestanden, um jetzt noch erfolgreich die Seite wechseln zu können. Für ihn würde darum alles davon abhängen, was nach Caligulas Tod aus Rom würde. Sollte es gelingen, eine Republik zu errichten, würde man ihn gewiss für sein Tun unter Caligula zur Verantwortung ziehen. Seine einzige Chance lag in einem neuen Kaiser, bei dem er sich bald ebenso unentbehrlich machen würde wie jetzt bei Caligula. Doch wer kam überhaupt als neuer Kaiser in Frage? Narcissus scharfer Verstand hatte schon seit langem alle Möglichkeiten in Erwägung gezogen. Und immer wieder war er zum gleichen Ergebnis gekommen. Claudius, der Onkel des Kaisers, war der einzige, lebende, männliche Verwandte Caligulas und somit der einzige Anwärter auf den Thron. Die Republik oder Claudius, das waren die beiden Alternativen. Nun galt es, Augen und Ohren offen zu halten, um im richtigen Moment in die Geschehnisse einzugreifen und das gewünschte Ergebnis herbeizuführen.

Doch was konnte er, Narcissus, ein Freigelassener, von einem Kaiser Claudius erwarten? Diese Frage wusste Narcissus mit letzter Sicherheit nicht zu beantworten. Obwohl er Claudius seit Jahren kannte, konnte er sich noch immer kein rechtes Bild von ihm machen. War er ein Narr, oder tat er nur so? Niemand wusste das zu sagen. Jedenfalls sah Narcissus in ihm die einzige Alternative zur Republik. Und wenn es ihm gelang, sich Claudius zu verpflichten, so war nicht nur sein Leben, sondern auch seine Position gerettet, und Letzteres war für Narcissus genauso wichtig.

Als unehelicher Sohn eines verheirateten Centurio und einer Sklavin, hatte er von seinem Vater zu seinem einundzwanzigsten Geburtstag die Freiheit geschenkt bekommen. Sonst hatte sein Vater eigentlich nur wenig von ihm wissen wollen. Als mittelloser Freigelassener war er unter Tiberius darum in den kaiserlichen Dienst eingetreten, wo er bald die Position eines Militärschreibers errungen hatte. Sein Glück schien gemacht zu sein, als der damalige Neffe des Kaisers, eben Caligula, auf ihn wegen seines brillanten Schreibstils aufmerksam geworden war und in seine Dienste genommen hatte. Doch Narcissus bezweifelte, dass er Claudius damit ebenfalls für sich gewinnen konnte. Es wurde Zeit, sich etwas anderes zu überlegen, denn zurück in die Bedeutungslosigkeit wollte Narcissus unter keinen Umständen fallen. Dazu war er viel zu ehrgeizig.

Seit Tagen hütete Messalina das Bett und weigerte sich entschieden, Besuch zu empfangen.

Ihre kurze Affäre mit dem Kaiser lag weit zurück. Ihre weitreichenden Träume waren längst zerbrochen. Ihr war seit geraumer Zeit klar, dass Caligula sie nur benutzt hatte. Mehr als ihre Weiblichkeit hatte den Kaiser der Gedanke gelockt, den alten Onkel der Lächerlichkeit preis zu geben. Mit dieser Erkenntnis waren in Messalina alle Hoffnungen gestorben. Nichts als die haltlose Wut einer in ihrem Stolz zutiefst verletzten Frau war in ihr zurückgeblieben. Wie hatte sie nur so töricht sein können, davon zu träumen, Cäsonia von ihrem Platz zu stoßen. Gewiss lachten alle bei Hof inzwischen über sie, zumal sie im siebten Monat schwanger war und nicht wusste, wer der Vater ihres Kindes war.

Claudius – Messalina schüttelte es bei dem Gedanken, dass sie auf seine Großzügigkeit angewiesen war. Gewiss, er hatte ihr verziehen, glaubte er doch fest daran, dass Caligula sie gezwungen hatte. Doch wie würde er sich ihrem Kind gegenüber verhalten, wenn es erst geboren war? Hatte Claudius nicht schon einmal ein Kind seiner früheren Frau aussetzen lassen, weil er glaubte, dass es nicht von ihm sei. Messalina schauderte bei dem Gedanken. Wie abhängig fühlte sie sich doch in diesem Augenblick von dem grauhaarigen Mann. Vielleicht war dies der Grund, warum sie sich in den letzten Monaten bereitwillig von ihm hatte lieben lassen. Erst jetzt, als Folge ihrer fortgeschrittenen Schwangerschaft, war es ihr gelungen, Claudius aus ihrem Schlafzimmer zu verbannen.

Schluchzend verbarg Messalina ihr Gesicht in den Kissen und überließ sich hemmungslos ihren Tränen. Sie war sich darüber im Klaren, dass Claudius sie liebte und vergötterte. Wenn sie nur in der Lage war, ein wenig zu heucheln, ihm weiterhin die liebende Frau vorzuspielen, so brauchte sie sich um die Zukunft ihres Kindes wahrscheinlich keine Sorgen zu machen. Doch wie lange würde sie dieses Spiel noch durchhalten können? Gewiss, manchmal mochte sie Claudius sogar ein wenig. Ein andermal empfand sie Mitleid mit ihm, seinem von Gicht und Kinderlähmung geplagten Körper. Doch mehr Gefühl konnte sie nun einmal nicht für ihn aufbringen. In ihren Adern rann heißes Blut, das Caligula durch seine Leidenschaft in ihr entfacht hatte, und das nur ein junger und starker Mann zu löschen vermochte. Wie oft hatte sie in den letzten Wochen und Monaten, wenn Claudius neben ihr lag, die Augen geschlossen und davon geträumt, dass der Mann neben ihr die Gesichtszüge Marcus Vinicius hatte. Doch Messalina ahnte, dass diese Illusion allein ihr auf Dauer nicht mehr genügen würde. So sah sie zwei Möglichkeiten, den unhaltbaren Zustand ihrer Ehe zu beenden. Entweder Claudius ließ sich nach der Geburt und Anerkennung ihres Kindes von ihr scheiden, oder aber sie sah sich gezwungen, dem alternden, kränklichen Mann zu einem baldigen Tod zu verhelfen. So wie bisher konnte und wollte sie nicht weiterleben.

42

Die Stimme ihrer Sklavin schreckte Messalina aus ihren Erwägungen.

„Herrin, du hast Besuch."

„Ich habe dir doch gesagt, dass ich niemanden sprechen möchte", fuhr Messalina ihre Sklavin an. „Ich will allein sein, sonst nichts."

„Gewiss, Herrin", stotterte Lydia ängstlich, wusste sie doch genau, wie unberechenbar Messalina war, wenn sie in Zorn geriet. „Trotzdem hielt ich es für besser, den Besucher zu melden. Ich hätte es niemals gewagt, Narcissus ohne deinen ausdrücklichen Befehl fortzuschicken."

„Narcissus, sagst du?"

Ungläubig starrte Messalina ihre Sklavin an. Was mochte der Geheimschreiber des Kaisers wohl von ihr wollen? Messalinas Gedanken überschlugen sich. War es möglich, dass er im Auftrag des Kaisers kam? Erinnerte Caligula sich am Ende doch noch voll Sehnsucht an die wenigen Nächte, die er mit ihr verbracht hatte? Ein Gefühl des Triumphs bemächtigte sich Messalinas. Er hatte sie also doch nicht vergessen. Das musste es sein.

„Schnell", befahl Messalina, zu neuem Leben erwacht. „Rufe meine Sklavinnen, damit sie mich für Narcissus herrichten. Und dann bitte den Schreiber des Kaisers um einige Minuten Geduld. Sag ihm, ich wäre gleich bereit, ihn zu empfangen."

Einen Augenblick lang überlegte Messalina, ob sie sich für den Besuch des Freigelassenen aus dem Bett erheben sollte. Doch diesen Gedanken verwarf sie sogleich wieder, zum einen, weil das Bett ihren unförmig gewordenen Leib besser verbergen konnte, zum anderen aber auch, weil Narcissus dem Kaiser durchaus berichten sollte, dass sie leidend war.

Mit schweren Schritten, die Arme auf dem Rücken gekreuzt, durchmaß Narcissus immer wieder das Vorzimmer zu Messalinas Cubiculum. Ging er mit seinem Besuch bei ihr vielleicht doch einen Schritt zu weit? Narcissus hatte über Messalina lange nachgedacht und war schließlich zu dem Ergebnis gekommen, dass er vielleicht über sie einen Weg zu Claudius finden könnte. Die junge Frau schien auf den alternden Mann mehr Einfluss zu haben als sonst jemand bei Hof. Claudius war seit seiner Heirat mit ihr wie verwandelt. Eine neue Frische hatte sich bei ihm eingestellt. Und das war ganz ohne Zweifel Messalinas Werk. Vielleicht gab es eine Möglichkeit, sich den Einfluss der jungen Frau zunutze zu machen. Darum war es dringend erforderlich, Messalina besser kennen und einschätzen zu lernen.

Bisher hatte er sich über die Tochter des Barbatus wenige Gedanken gemacht. Als verschüchtertes, ängstliches Kind war sie in den Palast gekommen. Einige Tage lang hatte sie Caligula Kurzweil geboten. In der Hochzeitsnacht hatte Caligula Claudius ein Schlafmittel in den Wein mischen lassen. In den darauffolgenden Nächten war er weniger rücksichtsvoll gewesen. Er war einfach in das Schlafgemach des jungen Paars gekommen und hatte den Ehemann davongejagt. Natürlich hatte Claudius es nicht gewagt zu widersprechen. Feige hatte er seine junge Frau dem Kaiser

44

überlassen. Doch jung und unerfahren wie sie war, hatte sie einen so lüsternen, verwöhnten Mann wie den Kaiser natürlich nicht lange fesseln können. Bei dem alternden Claudius hingegen schien ihre Macht keine Grenzen zu haben. Was Narcissus nun herauszufinden beabsichtigte, war, ob das Mädchen fähig war, über das Bett hinaus zu denken und zu handeln. Wenn ja, dann war sie vielleicht die Möglichkeit, nach der er gesucht hatte. Er würde ja sehen.

„Meine Herrin Messalina lässt bitten."

Narcissus hielt in seinem Schritt inne, wandte sich der ihm den Weg weisenden Sklavin zu und nickte.

„Meine Herrin bedauert es sehr, dich wegen Unwohlseins im Bett empfangen zu müssen. Sie hofft, dass du ihr ihre Schwäche nachsiehst", fügte Lydia hinzu.

Betont langsam betrat Narcissus das Cubiculum Messalinas. Seinem nüchternen, sachlichen Blick entging nicht die geringste Kleinigkeit, als er auf die Frau des Claudius zutrat. Messalina kam ihm tatsächlich blass und elend vor, doch er bezweifelte, dass die Gründe dafür in einer Krankheit zu suchen waren.

„Teure Messalina", begann er vorsichtig. „Hätte ich gewusst, dass du dich so elend fühlst, ich hätte es natürlich nicht gewagt, dich in deiner Ruhe zu stören."

„Du störst nicht, Narcissus", erwiderte Messalina, bemüht, sich ihre Ungeduld nicht anmerken zu lassen. „Ich freue mich über deinen Besuch, da er mir ein wenig Kurzweil verschafft.

Doch sag! Was führt einen so beschäftigten Mann wie dich zu mir?"

Über Narcissus Gesicht huschte ein kaum merkliches Lächeln. Er ahnte plötzlich, welche Hoffnung sie veranlasst haben mochte, ihn sofort zu empfangen. Nein, er hatte sich in dieser Frau nicht geirrt. Hinter diesem ein wenig plumpen, aber trotzdem durchaus nicht hässlichem Gesicht, das von langen schwarzen Haaren umrahmt wurde, verbarg sich ein Kopf, der fähig war, Ehrgeiz zu entwickeln.

„Es gibt keinen besonderen Grund", erwiderte Narcissus höflich. „Von deinem Mann Claudius erfuhr ich, dass du dich nicht wohl fühlst. Als alter Freund deines Gatten liegt mir natürlich auch dein Wohl am Herzen. Und so kam ich, um nach dir zu sehen und dir meine Dienste anzubieten. Sprich. Wenn es irgendetwas gibt, was ich für dich tun kann, lass es mich wissen."

Deutlich spürte Narcissus die Enttäuschung, die Messalina befiel, obwohl sie es eigentlich gut verstand, sie hinter einer Maske der Gleichgültigkeit zu verbergen.

Nachdenklich beobachtete Messalina das gleichgültige Gesicht des Narcissus. Sie erinnerte sich wieder an ihren ersten Tag im Palast. Schon damals war ihr dieser Mann aufgefallen. Er gehörte zu jenen Menschen, die nichts ohne Grund taten. Hatte ihr Vater sie nicht vor ihm gewarnt? Es war doch merkwürdig. Seit sie im Palast lebte, hatte er sie nicht ein einziges Mal beachtet, nicht einen Blick an sie verschwendet. Und nun plötzlich besuchte er sie. Für Messalina stand fest, dass dies einen

Grund haben musste. Aber welchen? Ihr Misstrauen war geweckt. Trotzdem faszinierte sie der kalte, berechnende Gesichtsausdruck dieses Mannes. Unwillkürlich fragte Messalina sich, ob Narcissus auch im Bett der überlegene, berechnende Mann bleiben würde, oder ob er in den Armen einer Frau seine starre Zurückhaltung verlor. Gewiss wäre es interessant, dies herauszufinden.

„Natürlich danke ich dir für deine Fürsorge, Narcissus. Falls ich es irgendwann für nötig erachte, werde ich gern auf dein Angebot zurückgreifen."

„Ich hoffe sehr, dass du das tust. Schone dich, damit du bald wieder zu Kräften kommst. Das Leben der Gemahlin des Claudius ist kostbar für Rom. In so unsicheren Zeiten wie diesen weiß man nie, was die Schicksalsgöttin Atropos gerade plant."

Kaum merklich zuckte Messalina bei Narcissus Worten zusammen. Sie spürte, dass hinter den leichtfertig hingeworfenen Worten des Narcissus weit mehr steckte als reine Höflichkeit. Es war eine Andeutung darin enthalten gewesen. Doch worauf zielte sie ab? Sollte es am Ende stimmen, was im Palast hinter vorgehaltener Hand getuschelt wurde? Wollte man sich wirklich des Kaisers entledigen? Unmöglich war dies nicht, denn Caligulas Schreckensherrschaft war vielen ein Dorn im Auge. Doch wenn es tatsächlich so kommen sollte, was hatte sie dann damit zu tun? Sie war nichts weiter als die Frau des Claudius – Claudius, natürlich, er war der Schlüssel zu dem

47

merkwürdigen Verhalten des Narcissus. Doch nein. Messalina wollte es nicht glauben. Niemand konnte ernstlich die Absicht haben, ihren schwachsinnigen Mann an die Stelle des Kaisers zu setzen. Forschend blickte sie Narcissus an. Doch sein Gesicht war noch immer die gleiche ausdruckslose Maske wie zuvor.

„Du meinst wohl eher, das Leben des Claudius könnte für Rom wichtig werden?", fragte sie herausfordernd.

„Und das seiner Nachkommen", fügte Narcissus ernst hinzu.

Verwundert ließ Messalina sich auf ihre Kissen zurücksinken.

„Du scheinst mehr zu wissen als du mir sagen willst."

Messalinas lockende Stimme schnitt Narcissus ins Blut. Es war die Stimme einer unbefriedigten, enttäuschten Frau, die sich nach Erfüllung sehnte. Einen Moment lang ahnte Narcissus, dass der Weg zu Claudius durch das Bett dieser Frau führen würde. Doch für eine solche Entscheidung war es noch zu früh. Noch wusste er zu wenig von den Vorgängen im Palast. Es war nie sinnvoll, sich zu schnell festzulegen. Sollte es ihm gelingen, die Republik zu verhindern und Claudius zum Kaiser zu machen, dann lag der Weg zur Macht frei vor ihm. Er hieß Messalina.

„Wissen, meine Liebe, tue ich gar nichts. Ich bin kein Augur, der behauptet, in die Zukunft sehen zu können. Doch ich habe Augen, die sehen, und Ohren, die hören. Und vielleicht ist es mir möglich, dich und deinen Mann vor Schaden zu bewahren, vorausgesetzt natürlich, du hörst auf meinen Rat."

Ein schelmisches Lächeln huschte über Messalinas Gesicht.

„Ich verstehe durchaus, was du mir sagen willst. Und ich denke, ich kenne auch den Preis für deine Freundschaft. Doch wie steht es mit dir? Ist dir der Preis für meine Freundschaft bekannt?"

Narcissus kühles, sachliches Gesicht zeigte keinerlei Gefühlsregung, als er antwortete: „Ich denke schon, dass ich ihn kenne."

Noch lange nachdem Narcissus gegangen war, umspielte ein geheimnisvolles Lächeln Messalinas Gesichtszüge. Er war kalt und gerissen, dieser Narcissus. Doch Messalina war sich sicher. Wenn sie ihn erst in ihre Arme schließen würde, würde er unter ihren Berührungen dahinschmelzen. Er war schlau, aber sie war schlauer. Neues Leben erfüllte Messalina. Ein fremdes, unbekanntes Spiel regte ihre Fantasie an und brachte ihren jungen Körper zum Beben.

Mit den Vorbereitungen für die Feierlichkeiten zum Jahreswechsel wich endlich das Schreckgespenst der Furcht aus Caligulas Gedanken. Niemand hatte auch nur den geringsten Versuch unternommen, ihn zu ermorden. Wie sollte man auch, war er doch ein Gott, der ohnehin unsterblich war. Das wusste nicht nur er, das wussten auch alle in seiner Umgebung. Von neuem Lebensmut erfüllt, befahl Caligula zum großen palatinischen Fest, das jedes Jahr zu Ehren des

Kaisers Augustus abgehalten wurde, Zirkus- und Theaterspiele für das Volk zu veranstalten. Er ahnte nicht, dass er mit den Spielen sein Todesurteil gefällt hatte.

Cornelius Sabinus und Cassius Chaerea waren sich einig. Während dieser Spiele musste der Mord geschehen. Noch länger zu zögern wäre gefährlich. Je länger man wartete, umso mehr Mitwisser kamen hinzu. Dadurch wuchs die Gefahr der Entdeckung. Zwei Verschwörungen gegen Caligula waren in der Vergangenheit bereits gescheitert und blutig niedergeschlagen worden.

„Morgen, wenn der Kaiser das Theater verlässt, wird es geschehen", sagte Chaerea entschlossen. „Wir werden ihn mit seiner gesamten Brut ausrotten. Nur so ist sichergestellt, dass Rom zur Freiheit zurückkehren kann."

Als Caligula am Morgen des 24. Januar mit Cäsonia und seiner kleinen Tochter das Theater betrat und sich in der Kaiserloge niederließ, war er frohgelaunt wie lange nicht mehr. Die dunklen Schatten, von denen er sich so lange bedroht gefühlt hatte, schienen ihn nicht länger verfolgen zu wollen. Gnädig gestimmt rief er seinen Onkel Claudius zu sich in die Kaiserloge.

„Heute allein im Theater, mein lieber Onkel? Ist Messalina noch immer krank?"

Nervös zuckte Claudius zusammen. Caligula war gewiss der Letzte, mit dem er über Messalinas Gesundheitszustand sprechen wollte. Die Furcht, der Kaiser könnte sich noch einmal an die Reize seiner Frau erinnern, schreckte Claudius.

„Nun?", forschte Caligula, nicht lockerlassend.

„Die Geburt unserer Tochter Octavia hat sie sehr mitgenommen. Sie hütet noch immer das Bett."

„Die Ärmste", spottete Caligula. „Soll ich ihr vielleicht einmal meinen Leibarzt Xenophon senden? Möglicherweise kann er deine Frau heilen, damit du dich nicht länger mit den billigen Huren der Stadt abgeben musst, du alter Wüstling."

Verlegen wich Claudius dem Blick des Kaisers aus. Es stimmte. Seit seine Frau ihn wegen ihrer fortgeschrittenen Schwangerschaft aus ihrem Cubiculum gewiesen hatte, hatte er sich erneut seinen alten Gewohnheiten zugewandt. Wie vor seiner Ehe führte ihn sein Weg wieder häufiger zu den käuflichen Damen an der Mulvischen Brücke. Die lange Zeit der Enthaltsamkeit war für Claudius einfach zu viel. Doch er hatte sich auch verschämt eingestehen müssen, dass das Vergnügen, das er früher bei diesen Frauen empfunden hatte, unwiederbringlich dahin war. Keine dieser Huren konnte Messalina ersetzen. Warum nur dauerte es so lange, bis sie sich von der Geburt erholte? Claudius verstand das nicht. Sie musste doch die gleiche Sehnsucht nach ihm haben wie er nach ihr.

Nachdenklich blickte er zu seinem Neffen, um dessen Angebot, seinen Leibarzt zu senden, vielleicht doch anzunehmen. Doch Caligula hatte sich bereits von ihm abgewandt. Sein Interesse an dem alten Onkel war verflogen, und so schwieg Claudius, um den Kaiser nicht erneut auf sich aufmerksam zu machen.

Während Caligula sichtlich gelangweilt einer Theateraufführung folgte, stand Narcissus zusammen mit dem Tänzer Mnester etwas abseits von der kaiserlichen Loge und beobachtete die Geschehnisse, die sich in der Umgebung des Kaisers abspielten. Da war es, jenes versteckte Nicken, mit dem Chaerea und Sabinus sich verständigten. Sie würden es also tun, hier und heute. Narcissus überlegte scharf. Sollte er den Kaiser warnen, das Unglück verhindern? Oder sollte er seinen zweiten Plan zur Ausführung bringen, Claudius den Meuchelmördern entziehen? Die Frage beschäftigte ihn noch, als Caligula, gelangweilt von der Aufführung, beschloss, im Kellergewölbe des Theaters einen neuangekommenen Trupp asiatischer Knaben zu besichtigen, die am Nachmittag einen Tanz aufführen sollten. Gefolgt von Cäsonia, die ihre Tochter auf dem Arm trug, stieg Caligula die Treppe zum Keller hinunter. Nun blieb Narcissus keine Zeit mehr zum Überlegen. Jetzt musste er handeln. Er sah die vielsagenden Blicke, die zwischen Chaerea und Sabinus getauscht wurden.

„Auf ein Wort, Claudius", hielt er den Onkel des Kaisers zurück. „Ich habe soeben eine Nachricht aus dem Palast erhalten. Deiner Gattin scheint es nicht besonders gut zu gehen. Es wäre wohl besser, du würdest schnell zu ihr in den Palast zurückkehren."

Claudius Gesichtszüge verfärbten sich dunkel.

„Oh ihr Götter Roms, lasst es nicht zu, dass ihr etwas passiert", murmelte er besorgt vor sich hin, um gleich darauf unsicheren Schritts zu seiner Sänfte zu eilen, die ihn zurück zum Palast bringen sollte.

Narcissus sah Claudius befriedigt nach.

„Stimmt das wirklich mit Messalina?", fragte Mnester Narcissus betroffen. „Ich hatte ja keine Ahnung, dass es so schlecht um sie steht."

Die Freundschaft, die die beiden Männer seit langem verband, veranlasste Narcissus zur Offenheit. „Wenn ich mich nicht irre, hat die Krankheit seiner Frau ihm soeben das Leben gerettet."

Verwirrt starrte Mnester Narcissus an.

„Du glaubst, dass der Kaiser in Gefahr ist? Dann müssen wir gehen und ihn warnen."

Gelassen schüttelte Narcissus den Kopf.

„Sein Schicksal wird sich heute erfüllen. Weder du noch ich haben einen Grund, ihm eine Träne nachzuweinen. Oder wirst du es vermissen, mit ihm das Bett zu teilen?"

Mnesters Augen verdunkelten sich. Der überaus schöne, junge Grieche schüttelte den Kopf.

„Nein, das gewiss nicht", flüsterte er aufgewühlt.

Mit sichtlichem Vergnügen ließ der Kaiser seinen Blick über die jungen, nackten Körper der Knaben gleiten. Sein Entschluss, sich ein oder zwei von ihnen für die Nacht ins Bett zu holen, stand fest. Sein lüsternes, geschultes Auge suchte nach den schönsten Körpern unter den Jünglingen. Da er sich nicht endgültig entscheiden konnte, forderte er den Leiter der Truppe auf, seine Schützlinge für ihn tanzen zu lassen. Gehorsam verneigte der Tanzleiter sich, um gleich darauf Vorbereitungen zu treffen, dem Wunsch des Kaisers nachzukommen.

„Cäsar!" Entschlossen trat Cornelius Sabinus, der dem Kaiser mit einem Trupp Prätorianer gefolgt war, auf den Prinzeps zu. „Ich brauche das Losungswort für die Nachtwache."

Ungehalten über die Unterbrechung wandte Caligula sich dem Prätorianerführer zu. „Lass Venus, die Göttin der Liebe, heute Nacht im Palast regieren", antwortete er gereizt. „Und nun stör mich nicht länger."

„Du irrst, Cäsar. Heute Nacht regiert in Rom der Gott der Unterwelt."

Verwundert starrte Caligula Sabinus an. Im gleichen Augenblick traf ihn ein tödlicher Streich Chaereas im Nacken. Mit weit ausgerissenen, entsetzten Augen brach Caligula zusammen.

„Das dürft ihr nicht", stammelte er. „Ich bin ein Gott. Ich bin unsterblich."

„Ein Gott vielleicht, aber ein sterblicher", entgegnete Sabinus und bohrte sein gezogenes Schwert in Caligulas Leib. Auch die übrigen anwesenden mitverschworenen Prätorianer zogen ihr Schwert und schlugen auf den Kaiser ein.

Die Schreckensschreie Cäsonias, die durch das Kellergewölbe hallten, riefen die vor dem Kellergewölbe wartende germanische Leibwache des Kaisers herbei. Ein schneller Schwertstreich Chaereas trennte den Kopf der Kaiserin vom Rumpf und brachte sie damit für immer zum Schweigen. Ein zweiter Hieb beendete das Leben der völlig verstört dreinblickenden Tochter des Kaisers. Die Caligula zu Hilfe eilende Leibwache kam zu spät. Die kaiserliche Familie war tot.

Von Rachegedanken getrieben stürzten sich die Germanen auf die Prätorianer. In dem folgenden Gemetzel fanden nicht nur Germanen und Prätorianer den Tod, sondern auch viele Unschuldige.

Cornelius Sabinus und Cassius Chaerea eilten gleich nach der Tat zum Forum, um dem Senat die Nachricht vom Tod des Tyrannen zu überbringen. Doch während der Senat sich auf dem Forum zu einer öffentlichen Sitzung versammelte, um über den Wiederaufbau der Republik zu beraten, stürmten die führerlos gewordenen Prätorianer plündernd durch die Straßen zum Kaiserpalast. Was sollte nach Caligulas Tod aus ihnen werden? Gab es keinen Kaiser mehr, verloren sie ihre Arbeit. Das konnten und durften sie nicht zulassen. Doch wen sollten sie zum neuen Kaiser bestimmen? Von hilfloser Wut erfüllt stürmten sie den Palast, durchkämmten die Gemächer und brachten um, wer sich ihnen in den Weg stellte.

Voll Sorge war Claudius zu Messalina geeilt. Doch wie verwundert war er gewesen, als er Messalina frisch und blühend in ihrem Bett vorfand.

„Und ich fürchtete schon, du lägst im Sterben."

Verwundert blickte Messalina Claudius an.

„Wer hat dir denn diesen Unsinn erzählt?"

„Narcissus."

Nachdenklich wandte Messalina ihren Blick von dem noch immer vor Erregung zitternden Claudius ab. Narcissus. Obwohl ihre Unterhaltung mehr als fünf Monate zurücklag, erinnerte sie sich noch genau an jedes seiner Worte. Gewiss, er war nicht wiedergekommen, und so hatte Messalina irgendwann begonnen, an ihm zu zweifeln. Doch jetzt, in diesem Augenblick, in dem Claudius zitternd, stotternd und mit tropfender Nase vor ihr saß, änderte sich das. Sollte es heute so weit sein? Messalina beschloss, Claudius nicht wieder fortzulassen.

„Beruhige dich, geliebter Claudius. Du siehst doch selbst, dass es mir wieder gut geht. Irgendjemand wird Narcissus falsch informiert haben. Ich habe tatsächlich nach dir geschickt, aber nicht, weil es mir schlecht geht, sondern weil ich Sehnsucht nach dir habe. Ich vergehe vor Verlangen nach dir."

Geschmeichelt schloss Claudius seine junge Frau in die Arme.

Unvermutetes Gepolter und entsetzte Schreie aufgeschreckter Sklaven lösten ihn von Messalina.

„Der Kaiser ist tot. Vergeltung. Vergeltung", klang es durch den Palast. Zitternd stand Claudius neben Messalinas Bett, während die Geräusche immer näherkamen.

„Was sollen wir nur tun?"

Verzweifelt blickte Claudius sich nach einem Fluchtweg um, um den Schwertern der Prätorianer zu entgehen.

„Schnell, Messalina, komm. Wir wollen uns verstecken."

Doch es war bereits zu spät zur Flucht. Tritte stießen gegen die Tür, bis sie schließlich brach. Von

Panik erfasst, verschwand Claudius hinter dem nächstbesten Vorhang.

Die hereinstürzenden Soldaten blieben wie versteinert in der Tür stehen und starrten fasziniert auf das Bett, in dem Messalina lag und ihnen furchtlos entgegenblickte.

„Sie rührt ihr nicht an", befahl schließlich der sie anführende Centurio. „Sie ist die Frau des Claudius."

Plötzlich erhellte ein Gedanke seine Gesichtszüge. Natürlich, das war die Lösung ihrer Probleme.

„Sag uns, wo ist Claudius? Lebt er noch? Ist er den Meuchelmördern entkommen?"

Mit ruhiger Hand wies Messalina auf den Vorhang, hinter dem sich der zitternde Claudius verbarg. Entschlossen ging der Centurio darauf zu, riss ihn mit einem Ruck herunter und lachte dem am ganzen Leib schlotternden Claudius ins Gesicht.

„Seht her, Prätorianer. Der Onkel des Kaisers. Die Monarchie ist gerettet. Claudius soll unser neuer Kaiser werden. Hoch lebe Kaiser Claudius!"

Die übrigen anwesenden Prätorianer stimmten in den Ruf mit ein. Mit Leichtigkeit hoben sie den sich wehrenden Greis, der noch immer nicht fassen konnte, wie ihm geschah, auf ihre Schultern und trugen ihn im Triumphzug durch den Palast.

„Hoch lebe Kaiser Claudius!", riefen sie immer wieder und lockten damit immer weitere Neugierige an, die sofort in den Ruf mit einstimmten.

Zähneknirschend blickte Messalina dem Triumphzug nach. Welch erbärmliche Figur Claudius doch war. Messalina schämte sich seiner wie nie zuvor. Doch jetzt war er Kaiser, und sie war seine Frau, die Kaiserin. Vergessen war der Gedanke an Scheidung oder Mord. Sie war die Kaiserin, und das wollte sie bleiben.

Die auf dem Forum tagenden Senatoren wurden von der Kaiserwahl der Prätorianer völlig überrascht. Unfähig, sich gegen die militärische Macht, die geschlossen hinter Claudius stand, zu wehren, mussten sie ihren Traum von einer Republik begraben.

3.

Schon über eine Woche saß Narcissus in einer dunklen, kalten Zelle des Tullianum. Gleich nach der Ausrufung des Claudius zum Kaiser war er mit einer Menge anderer Verschwörer, die Schuld am Tod Caligulas trugen, verhaftet worden. Doch noch immer hatte man keine Anklage gegen ihn erhoben. Narcissus bezweifelte langsam, dass man sich diese Mühe überhaupt machen würde. Für ihn bestand kein Zweifel mehr daran, dass man sich seiner entledigen würde. Was lag da näher, als ihn ebenfalls der Verschwörung gegen das Kaisertum anzuklagen und hinzurichten. Eine Möglichkeit zur Rechtfertigung würde man ihm, einem freigelassenen Emporkömmling, gewiss nicht geben.

Narcissus wusste, dass Cornelius Sabinus und Cassius Chaerea vor zwei Tagen mit dem Schwert hingerichtet worden waren. Doch ihm, als Freigelassenen, drohte, sollte man ihn für mitschuldig an dem Komplott gegen Caligula befinden, das Kreuz.

Ein kalter Schauder lief Narcissus bei dem Gedanken an seinen bevorstehenden Tod über den Rücken. Furcht lähmte seinen Geist, trieb ihm den Angstschweiß auf die Stirn. Wie oft hatte er in den letzten Tagen das launenhafte Schicksal, das ihn hierhergebracht hatte, verflucht. Was nützte ihm hier im Kerker sein Geist, seine Fähigkeiten? Es war ein nicht wiedergutzumachender Fehler gewesen, Messalina zu vertrauen. Narcissus verwünschte sich selbst seiner Dummheit wegen.

Warum hatte er Caligula nicht gewarnt? Er hätte den Kaiser retten können. Für diesen Fehler würde er nun mit seinem Leben bezahlen. Stattdessen hatte er Claudius Leben geschützt. Zum Dank dafür saß er nun hier und wartete auf seine Hinrichtung. Ob diese Hinrichtung gerechtfertigt war oder nicht, ob er schuldig oder unschuldig war, wen kümmerte das? Es gab genügend Menschen, die seinen Tod wünschten, teils, weil sie dadurch ihre eigenen Verfehlungen unter Caligula vertuschen konnten, teils, weil sie Narcissus für die Machtstellung, die er unter Caligula errungen hatte, verwünschten.

Resignierend seufzte Narcissus. Messalina, sie war der Strohhalm gewesen, an den er sich in den letzten Tagen geklammert hatte. Schwankend zwischen Hoffnung und Verzweiflung, hatte ihm sein kühler Menschenverstand immer wieder gesagt, dass sie doch eigentlich keinen Grund hatte, ihn dem Henker auszuliefern. Er hatte sie zur Kaiserin gemacht. Warum machte sie nun nicht wenigstens ihren Einfluss geltend, um ihn hier herauszuholen? In der Dunkelheit des Kerkers, gepeinigt von Hunger und Kälte, schwor Narcissus sich, sollte er diesen Keller jemals lebend verlassen, nie wieder leichtfertig sein Leben aufs Spiel zu setzen. Und noch viel weniger würde er sich ein zweites Mal den Launen einer Frau ausliefern.

Durch den Gang hallende Schritte schreckten Narcissus aus seinen Gedanken. Die Schritte hielten vor seiner Tür inne. Narcissus fühlte Panik in sich aufsteigen. Kamen sie, um ihn zu holen? Sollte sein Leben in den nächsten Augenblicken

60

wirklich zu Ende sein? Die in das Dunkel der Zelle leuchtende Fackel blendete Narcissus. Vier Prätorianer standen in der Tür. Ihr Anführer, ein Centurio, herrschte Narcissus an: „Steh auf und komm mit."

Widerstrebend, von einer Kraft getrieben, die außerhalb seines Willens lag, erhob sich Narcissus.

„Wohin bringt ihr mich?", begehrte er zu wissen.

„Zum Verhör", entgegnete der Centurio mürrisch.

Erleichtert atmete Narcissus auf. Ein Verhör bedeutete, er würde sich rechtfertigen können. Doch würde man ihm Glauben schenken? Oder war dieses Verhör nichts weiter, als der Versuch, nach außen hin das Recht zu wahren?

Von den groben Händen der Soldaten vorwärtsgestoßen, wankte Narcissus unsicher durch ein Labyrinth von Kellergewölben, dunklen Gängen und Hallen. Zitternd blieb der Geheimschreiber Caligulas stehen, als er sich plötzlich in einer der vielen Folterkammern des Tullianums wiederfand. War das die Art von Verhör, die man ihm zugedacht hatte? Narcissus hatte Mühe, seine Gefühlsregungen zu unterdrücken. Erleichtert atmete er auf, als der Centurio ihn anwies, weiterzugehen, den Schreckensraum hinter sich zu lassen. Ein weiterer Centurio versperrte ihnen schließlich den Weg, prüfte den Vorführungsbefehl und gab endlich den Weg frei.

Frische, klare Winterluft schlug Narcissus entgegen. Sie hatten die dunklen Kellergewölbe verlassen. Vor ihnen lag der Eingang zum Palatin.

61

Fragend schaute Narcissus seine Begleiter an. Wollte am Ende der Kaiser selbst ihn verhören? Narcissus schluckte seine Frage hinunter, folgte den Soldaten schweigend. Sie führten ihn schließlich in den An- und Auskleideraum eines Caldariums. Geschickte Sklavenhände entkleideten den Freigelassenen, badeten und salbten ihn und kleideten ihn schließlich in neue Gewänder. Geduldig ließ Narcissus die Prozedur über sich ergehen. Noch immer lähmte Angst seine Glieder, war er keines klaren Gedankens fähig, auch wenn er sich immer wieder sagte, dass ein zum Tode Verurteilter nicht gebadet und eingekleidet wurde.

Schließlich geleiteten die Prätorianer ihren Gefangenen weiter durch den Palast zu einem kleinen, privaten Triklinium, in dem zwei sich gegenüberstehende Klinen aufgestellt waren.

Schweigend ließ Narcissus sich auf einem Sofa nieder, gespannt darauf, wem er hier Rede und Antwort würde stehen müssen.

Die Soldaten, die ihn hierher geleitet hatten, verschwanden lautlos. Ein Sklave reichte Narcissus einen Becher Wein, der seine steifen, zitternden Glieder wärmte. Narcissus begann ruhiger zu werden. Hoffnung durchflutete ihn. Wollte irgendjemand wirklich sein Leben, würde er sich mit ihm gewiss nicht solche Mühe geben. Von dem plötzlichen Gefühl, beobachtet zu werden, geleitet, wandte Narcissus sich um. Dort stand sie in ein schlichtes, weißes Gewand gekleidet, dass über den Schultern von breiten Goldspangen gehalten wurde, das dunkle Haar kunstvoll aufgesteckt, mit

62

einem spöttischen, grausamen Lächeln um die Mundwinkel – Messalina, die Kaiserin von Rom. Für Narcissus war dies der Augenblick der Erkenntnis. Sie hatte mit ihm gespielt, ihn das Fürchten gelehrt. Und nun genoss sie ihren Triumpf. Er war in ihrer Hand, abhängig von ihrem Willen oder Unwillen. Obwohl er ein freier Mann war, spielte sie mit ihm wie mit einem Sklaven. Und er würde wohl auf ihr Spiel eingehen müssen, wollte er sein Leben behalten. Zornig gestand Narcissus sich ein, dass er Messalina unterschätzt hatte, ein Fehler, der ihm kein zweites Mal passieren würde.

Mit Genugtuung hatte Messalina das blasse, von Angst gezeichnete Gesicht des Narcissus betrachtet. Welch erhebendes Gefühl war es doch, Macht zu besitzen und diese auszunutzen. Hatte sie sich nicht auch einst der Gewalt beugen müssen? Nun hatte sie Macht, und andere würden lernen, sich ihr zu beugen. Narcissus war der Erste, an dem sie ihre neue Stellung auszuprobieren gedachte. Es war ihr leichtgefallen, Claudius von der Unschuld des Narcissus zu überzeugen. Ebenso hatte sie ihren hilflos vor der neuen Würde stehenden Gatten bald dazu überreden gekonnt, sich das Wissen eines so erfahrenen Mannes wie Narcissus zu bedienen, um als Kaiser zu bestehen. Trotzdem hatte sie Narcissus noch geraume Zeit weiter im Kerker schmachten lassen. Er sollte von Anfang an wissen, dass sein Schicksal allein von ihr abhing. Sie gab ihm die Macht. Sie konnte sie ihm auch wieder nehmen, wenn er nicht bereit war, ihrem Zweck zu dienen.

Narcissus hatte sich beim Anblick Messalinas erhoben. Seine Verneigung drückte ehrfurchtsvolle Unterwerfung aus. Ein huldvolles Lächeln huschte über Messalinas Gesicht.

„Mein lieber Narcissus. Es tut mir aufrichtig leid, dass es so lange gedauert hat, bis ich den Kaiser davon überzeugen konnte, dass du nicht zu den Verschwörern gehörst, die Caligula beseitigt haben. Gewiss, Rom ist diesen Männern natürlich zu Dank verpflichtet. Doch es ist immer gefährlich, solche Männer weiter am Leben zu lassen. Blieben sie ungestraft, könnten andere nur allzu leicht auf die Idee kommen, einen zweiten Kaisermord zu begehen. Darum durfte keiner von ihnen Gnade finden. Doch für deine Loyalität habe ich mich beim Kaiser verbürgt."

„Heißt das, dass ich frei bin?"

Die nüchterne Sachlichkeit des Narcissus reizte Messalina.

„Wenn ich es will, ja", antwortete sie drohend.

Narcissus nickte verstehend mit dem Kopf. Es war also tatsächlich so, wie er es vermutet hatte. Er hatte Messalina die Tage voll Furcht und Schrecken zu verdanken.

„Ich danke dir dafür, dass du dich für mich verwendet hast, meine Kaiserin. Sag mir, wie ich mich dafür erkenntlich zeigen kann."

Messalinas Blick fuhr abschätzend über Narcissus Körper. Ihren Augen schien nicht das kleinste Detail zu entgehen. Ungerührt ließ Narcissus es über sich ergehen. Er wusste, hier und heute entschied sich seine Zukunft.

„Das wird sich finden", erwiderte Messalina ausweichend. „Lass uns zusammen essen. Danach können wir ungestört über die Dinge sprechen, die uns beide betreffen."

Narcissus aß gierig. Erst jetzt wurde ihm bewusst, wie ausgehungert er war. Doch mit dem Wein ging er sparsam um, wusste er doch, dass er einen klaren Kopf brauchen würde, um Messalina gewachsen zu sein.

„Nun", forderte Messalina ihren Gast auf, nachdem die letzte Schüssel von Sklaven hinausgetragen worden war, „lass uns offen miteinander reden. Ich weiß, du bist ehrgeizig, Narcissus, vielleicht sogar ein wenig zu ehrgeizig. Doch gerade das reizt mich so an dir. Du hast den Verstand, der den meisten bei Hof fehlt. Aber du bist eben nur ein Freigelassener. Was du darum brauchst, ist jemand, der dich unterstützt. Ohne Hilfe wirst du es in Rom nicht weit bringen, möglicherweise sogar deinen Kopf verlieren."

Messalina machte eine kurze Pause, um ihre Worte wirken zu lassen.

„Vielleicht wäre ich bereit, dir zu helfen. Vielleicht, wenn…"

„Wenn was?" Narcissus war plötzlich hell wach. Lauernd blickte er Messalina an.

„…wenn du bereit bist, zuerst deiner Kaiserin und dann erst deinem Kaiser zu dienen. Ich bin jung und voll Begehren. Der Kaiser ist ein alter, gebrechlicher Mann, der nicht mehr in der Lage ist, mein Verlangen zu stillen."

„Ich verstehe nur zu genau, was du meinst, meine Kaiserin. Und es gibt nichts, was ich lieber täte, als dir in jeder Beziehung von Nutzen zu sein. Doch bin ich in deinen Augen nicht unwürdig?"

Narcissus neigte sich so weit wie möglich zu Messalina hinüber. Kaum merklich berührte seine Hand ihre Schulter. Ein süßer Schauer durchströmte den Körper der Kaiserin. Wie sehr hatte sie die wilde Leidenschaft vermisst, die sie einst bei Caligula empfunden hatte. Sie brauchte einen Mann im Bett, keinen Greis. Und es war ihr Recht, sich zu nehmen, was das Schicksal ihr durch ihre aufgezwungene Ehe vorenthalten hatte.

„Noch bist du ein Nichts. Aber ich kann alles aus dir machen. Vergiss das nicht", flüsterte sie von Verlangen getrieben.

Bedächtig begann Narcissus Messalinas fordernden Mund zu küssen, ihr Kleid abzustreifen und ihren Körper mit seinen Händen, seinem Mund zu entflammen. Während er in sie drang, um das Begehren ihres Körpers zu stillen, wusste er sicher, dass er ihr trotz aller bewiesenen Schlauheit überlegen war. Messalinas Gerissenheit endete da, wo das Verlangen ihres Körpers begann. Das machte sie abhängig und verwundbar. Nein, ein zweites Mal würde es dieser Frau nicht gelingen, ihn das Fürchten zu lehren. Mit Genugtuung betrachtete er die sich unter ihm windende Kaiserin, die bestrebt war, Erlösung zu finden. Ein Gefühl unendlicher Macht durchströmte Narcissus.

Sichtlich entspannt, das schwarze Haar wirr herabhängend, reckte Messalina sich zufrieden.

„Wenn du nur ahntest, wie sehr ich das gebraucht habe", hauchte sie Narcissus ins Ohr.

„Ich stehe meiner Kaiserin immer gern zu Diensten", erwiderte Narcissus lächelnd, mit einer Haarlocke Messalinas spielend.

„Nun", entgegnete Messalina, plötzlich wieder kühl und sachlich werdend. Die eben noch vorhandene Vertrautheit war verflogen. „Dann lass uns jetzt zu dem geschäftlichen Teil unserer Unterredung kommen. Hier habe ich deine Ernennung zum Kabinettsekretär des Kaisers. Es liegt bei dir, fähige Mitarbeiter für dein Kabinett zu finden. Falls sie mir gefallen, wird auch der Kaiser keine Einwände gegen sie haben."

Halb überrascht, halb gierig starrte Narcissus auf die vom Kaiser unterzeichnete Urkunde. Diese Ernennung hatte er allein Messalina zu verdanken. Sie hatte sich mit ihrem Willen gegen alle seine Widersacher beim Kaiser durchgesetzt. Was sie ihm bot, war mehr, als Narcissus jemals erwartet hatte. Doch dieser Erfolg täuschte ihn über eins nicht hinweg. Ebenso rasch wie Messalina ihn emporgehoben hatte, konnte sie ihn auch wieder stürzen. Um aber an der Macht zu bleiben, brauchte er sie weiterhin an seiner Seite. Nur, wie lange würde er diese Frau mit seinem Körper halten können?

Kaiser Claudius hatte die ihm von den Prätorianern übertragene Kaiserwürde nur zögernd angenommen, da er tief in seinem Innern noch immer ein überzeugter Befürworter der Republik war. Zum Kaiser gekrönt, schwor er dem Senat und dem Volk von Rom darum dann auch, dass die Tyrannenherrschaft seiner beiden Vorgänger unter seiner Regierung ein Ende finden würde. Rom sollte unter seiner Führung zu neuer Macht und Größe zurückfinden. Dass dies für Claudius keine leichte Aufgabe werden würde, stand fest. Sein Neffe Caligula hatte ihm ein schweres Erbe hinterlassen. Die Staatskasse war leer, Mauretanien in Aufruhr und Judäa wegen Caligulas Verlangen, im Heiligtum der Juden zu Jerusalem seine Statue von sich aufzustellen, unter Waffen. Claudius sah sich schier unlösbaren Problemen gegenüber.

Um sich die Zuneigung der Römer zu sichern, erließ er darum als eine seiner ersten Amtshandlungen eine Amnestie für alle zu Unrecht unter Caligula Verurteilten und Verbannten. Jedem Prätorianer zahlte er für seine bewiesene Kaisertreue eine Prämie. Das sicherte ihm den Rückhalt der so wichtig gewordenen Armee. All diese Maßnahmen trugen zur Beliebtheit des neuen Kaisers bei.

Doch nun galt es, die eigentlichen Probleme des Imperiums zu lösen. Und hier nahm Claudius nur allzu gern Messalinas Rat an und machte die von ihr vorgeschlagenen Freigelassenen Narcissus, Pallas, Callistus und Polybius zu seinen Beratern. Dass diese zuerst sich und der Kaiserin und dann erst dem Kaiser und Rom verpflichtet fühlten, wusste der gutgläubige Claudius nicht. Er vertraute Messalina blind, zumal die Kaiserin ihm schon bald nach seiner Amtsübernahme mitteilen konnte, dass sie erneut guter Hoffnung sei.

Claudius frohlockte, wünschte er sich doch nichts sehnlicher als einen Sohn und Erben.

Die erste Freude der Römer über ihren neuen Kaiser wurde schon bald dadurch gedämpft, dass die gesamte Staatsgewalt jetzt in den Händen von Freigelassenen lag. Um überhaupt noch zum Kaiser zu gelangen, war es nötig, eine der Kreaturen Messalinas zu bestechen. Jeder Nichtrömer konnte sich, hatte er genug Geld, plötzlich das römische Bürgerrecht kaufen. Ernennungen und Bestellungen sowie Staatsaufträge wurden an den vergeben, der die nötigen Bestechungsgelder zahlte. Ein großer Teil dieser Gelder floss in die Privatkasse der Kaiserin, der andere in die ihrer Helfer. All dies löste bei den verarmten Adligen des römischen Imperiums Widerwillen aus. Doch die von ihnen zu Recht angebrachten Beschuldigungen drangen nur selten bis zum Kaiser vor. Narcissus, Pallas, Callistus und Polybius gelang es vortrefflich, den Kaiser abzuschirmen. Und kam gelegentlich doch die eine oder andere Anklage an Claudius Ohr, so verstand Messalina es stets, Claudius aufkommende Bedenken gegen die Freigelassenen zu zerstreuen.

Messalina hätte mit dem Erreichten durchaus zufrieden sein können, wären nicht mit der allgemeinen Begnadigung auch zwei Frauen an den Hof zurückgekehrt, die Messalina immer häufiger Kopfzerbrechen bereiteten. Es waren die beiden Nichten des Claudius, Julia und Agrippina. Ihnen verdankte Messalina schon bald erste schlaflose Nächte. Agrippina, die ältere von beiden, war gewiss die Schlauere und darum die

Gefährlichere. Sie war kühl, berechnend und konnte auf ihre Chance warten. Und sie hatte einen Sohn, der, sollte Messalina ebenfalls einem Sohn das Leben schenken, einmal dem ihren das Erbe streitig machen könnte. Doch im Augenblick war die leichtfertigere Julia Messalinas größeres Problem. Nach Rom zurückgekehrt, hatte sie es gewagt, den Mann zu heiraten, für den einst Messalinas Herz geschlagen hatte – Marcus Vinicius. Doch nicht nur das ärgerte Messalina. Weit bedenklicher erschien es ihr, dass Julia Claudius gegen sie aufzubringen versuchte. Dabei war sie sogar so weit gegangen, den alten, immer noch lüsternen Onkel zu verführen. Messalina selbst hatte die beiden eines Abends im Bett überrascht. Lautlos hatte sie sich zurückgezogen und war aufgebracht zu Narcissus geflüchtet, um in seinen Armen Tröstung zu finden.

„Und du bist ganz sicher, dass sie mit ihm schläft?", fragte Narcissus zweifelnd.

„Ich habe sie gesehen, mit meinen eigenen Augen. Und ich kann mir nur allzu gut vorstellen, was für ein Gift sie Claudius danach jedes Mal ins Ohr träufelt", stieß Messalina wütend hervor.

Auch Narcissus sah deutlich die Gefahr, die von Julia ausging. Nicht nur, dass sie Claudius in ihre Finger zu bekommen versuchte, nein, sie unterhielt auch noch Verbindungen zu Aufrührern wie Seneca, die die Misswirtschaft bei Hof immer häufiger anprangerten.

„Wir müssen sie vernichten, bevor ihr Einfluss auf den Kaiser weiterwächst. Wir können es uns nicht leisten, sie weiter gegen uns Anklage führen zu lassen."

„Aber wie sollen wir es beginnen?", fragte Messalina.

„Lass das meine Sorge sein, meine Kaiserin."

Ein teuflisches Lächeln huschte über Narcissus' Gesicht. Beruhigt lehnte Messalina sich zurück, Narcissus ihren Körper darbietend. Nein, sie bereute es nicht, sich für ihn entschieden zu haben. Er war ein ebenso guter Liebhaber wie vertrauenswürdiger Berater. Er würde Julia schon vernichten. Zufrieden seufzend überließ Messalina sich ganz ihrer Leidenschaft.

Julia war bester Laune. Ein Treffen mit Seneca bedeutete für sie seit geraumer Zeit weit mehr als nur die Aussicht auf eine geistreiche Unterhaltung. Stunden wilder Leidenschaft lagen vor ihr. Ein leichtes Erröten zeichnete sich auf Julias Gesichtszügen ab. Niemals hätte sie es für möglich gehalten, dass der als kränklicher Eigenbrötler bekannte Seneca ein so exzellenter Liebhaber sein würde. Er war ein Mann ganz nach Julias Geschmack, geistreich, scharfsinnig und dennoch den angenehmen Dingen des Lebens gegenüber niemals abgeneigt. Welch krasser Unterschied bestand doch zwischen ihm und ihrem Mann Marcus Vinicius. Wenn sie hätte wählen können, sie hätte sich für Seneca entschieden. Doch das Schicksal hatte ihr diese Möglichkeit nun einmal vorenthalten, so musste sie sich eben damit zufriedengeben, sich heimlich einige Stunden Glück zu stehlen.

Julia seufzte verträumt vor sich hin, während sie durch den geschlossenen Vorhang ihrer Sänfte spähte. Wie wenig machte sie sich doch aus dem steifen, sachlichen Marcus, dessen strenge Förmlichkeit ihr so gar nicht lag. Und doch hatte sie, nach Rom zurückgekehrt, keine andere Wahl gehabt, als zu heiraten. Mittellos, wie sie es gewesen war, hatte sie einen vermögenden Mann gebraucht, der der Nichte des Kaisers einen entsprechenden Lebensstil hatte bieten können. Ihrer Schwester Agrippina war es ähnlich ergangen. Auch sie hatte aus Geldnot heiraten müssen. Nun, Julia tröstete sich mit dem Gedanken, dass sie es auch schlechter hätte erwischen können. Immerhin war Marcus Vinicius ein gutgläubiger Ehemann, der sich wenig um das kümmerte, was sie tat. Er schenkte weder den Gerüchten Glauben, die sie mit Seneca in Verbindung brachten, noch hörte er auf das Geschwätz seiner Umgebung, das Julia bezichtigte, etwas zu oft und zu lange mit ihrem Onkel beisammen zu sein. Ein Lächeln huschte über Julias hübsches, ebenmäßiges Gesicht. Natürlich war Claudius, der Kaiser, ihr heimlicher Liebhaber. Der alte Narr war nur zu bereitwillig ihren Verführungskünsten erlegen. Nun schien es Julia nur noch eine Frage der Zeit zu sein, bis sie Claudius dahin gebracht haben würde, wohin sie ihn haben wollte. Welch glücklicher Zufall war es doch, dass Messalina ihre Schwangerschaft vorschob, um den Kaiser aus ihrem Bett zu verbannen. Das hatte Claudius zu einer leichten Beute gemacht, gab es doch zwei Dinge, auf die der Kaiser niemals würde verzichten können – gutes Essen und Frauen. Das war ihre Chance gewesen. Und sie hatte sie bedenkenlos genutzt. Ganz Rom würde ihr zujubeln, wenn sie die Kaiserin und ihre Helfer stürzte und sich an Messalinas Stelle setzte. Die ahnungslose Messalina würde sich schon noch wundern.

Zufrieden lehnte Julia sich in ihre Kissen zurück. Bald würde sie im Haus des Seneca sein. Natürlich wusste Seneca nichts von ihrem Verhältnis zum Kaiser. Er hätte es ebenso verworfen, wie er Messalinas Umtriebe missbilligte. Doch der Glaube an Recht und Gerechtigkeit war das eine, die Wirklichkeit hingegen eine ganz andere Sache. Das wahre Leben war hart und grausam. Nur der Starke überlebte, der Schwache ging unter. Julia wusste das, hatte sie doch am eigenen Leib zu spüren bekommen, was es bedeutete, schwach und hilflos zu sein.

Vom eigenen Bruder jahrelang sexuell missbraucht, hatte Caligula sie, nachdem er ihrer überdrüssig geworden war, in die Verbannung geschickt. Die Jahre der Entbehrung und Angst hatten sie hart werden lassen. Damals, auf dieser kleinen, vom Meer umgebenen Insel, eingesperrt in ein trostloses, dunkles Zimmer, hatte Julia sich geschworen, ihre Einstellung zum Dasein grundlegend zu ändern, sollte sie diese Insel jemals lebend verlassen dürfen. Das Leben war ihr Lehrmeister geworden. Wer Macht besaß, besaß

73

auch das Recht, Unrecht zu tun. Nur noch daran glaubend, handelte sie nun.

Julias Sänfte war vor dem Haus Senecas angekommen. Ein Sklave schlug den Vorhang beiseite und half Julia beim Aussteigen. Von Vorfreude auf die kommenden Stunden erfüllt, betrat Julia das Vestibül und ließ sich bei Seneca melden. Sie ahnte nicht einmal, dass jeder ihrer Schritte seit Tagen von den Spitzeln des Narcissus überwacht wurde.

Triumph spiegelte sich auf dem Gesicht des Freigelassenen wider, als ein Spion ihm meldete, dass Julia das Haus des Seneca betreten habe.

„Du lässt das Haus sofort umstellen. Niemand darf daraus entkommen", befahl er dem wartenden Offizier. „Erst dann nimmst du dir einen Trupp Soldaten. Hier ist der Durchsuchungsbefehl, vom Kaiser selbst unterzeichnet. Es gilt vor allem, in Senecas Haus Beweise dafür sicherzustellen, dass er aufrührerische Schriften gegen den Kaiser und den Staat verfasst. Außerdem ist durch Befragung der Sklaven festzustellen, wer außer Seneca zu den Aufwieglern gehört. Seneca ist zu verhaften und ins Tullianum zu bringen, bis die Untersuchungen abgeschlossen sind. Die Dame, die sich bei ihm befindet, ist ebenfalls in Gewahrsam zu nehmen. Es wird den Kaiser freuen zu erfahren, dass seine eigene Nichte zu den Aufwieglern gehört."

Der Beauftragte verneigte sich kurz vor Narcissus. Dann machte er sich auf den Weg, die Befehle des Kabinettsekretärs unverzüglich auszuführen.

„Dass du mir in dieser Angelegenheit keine Fehler machst", rief Narcissus ihm noch drohend nach. „Dazu ist sie von zu großer Wichtigkeit."

Nachdenklich erhob Narcissus sich von seinem Stuhl und trat ans Fenster, um in den Hof hinunterzublicken. Gerade überquerte der Offizier ihn eiligen Schrittes, um die erteilten Befehle auszuführen. Ein kaltes, berechnendes Grinsen huschte über das Gesicht des Freigelassenen. Sein Plan war perfekt, geradezu genial. Es war ihm leichtgefallen, den Kaiser dazu zu überreden, Senecas Haus durchsuchen zu lassen. Claudius fürchtete die spitze Zunge des Philosophen schon lange. Nun hatte Narcissus nur noch auf die Stunde warten müssen, in der Julia mit Seneca zusammentraf. Seine Schergen würden die Nichte des Kaisers in Senecas Bett antreffen. Dadurch würde es genügend Zeugen für den Ehebruch Julias geben. Erschwerend würde zu diesem Vorfall hinzukommen, dass man im Haus des Senecas belastendes Material sicherstellen würde, das Seneca und Julia der Verschwörung gegen den Kaiser überführte. Für die entsprechenden Dokumente hatte Narcissus gesorgt. Niemand würde je herausfinden, dass es sich bei den Papieren um Fälschungen handelte, denn der Kaiser würde eine öffentliche Untersuchung des Falls verhindern. Die Gefahr, dass dabei auch sein Verhältnis zur Nichte zur Sprache kommen könnte, war zu groß. Darum war Julia schon jetzt so gut wie tot.

Fassungslos, am ganzen Körper zitternd, starrte Claudius auf die ihm von Narcissus vorgelegten Beweise. Seine Julia, die Frau, mit der er so viele angenehme Stunden verbracht hatte, war eine gemeine Verräterin. Gemeinsam mit Seneca hatte sie geplant, ihn während einer ihrer nächsten Treffen zu ermorden. Claudius stockte das Blut in den Adern. Fast hatte er zu glauben begonnen, was diese falsche, verlogene Frau ihm einzuflüstern versuchte. Nein, seine geliebte Messalina betrog ihn natürlich nicht mit Narcissus.

Schwerfällig ließ Claudius sich auf einen Stuhl fallen. Was sollte er jetzt tun? Dieser hinterhältige Verrat musste gesühnt werden. Doch würde bei einer öffentlichen Verhandlung nicht auch sein Verhältnis zu Julia zur Sprache kommen? Hilfesuchend blickte Claudius Narcissus an.

„So überwältigend ihre Schuld auch ist, Narcissus. Was wird man von mir denken, wenn bekannt wird, dass ich dieses falsche Weib in meinem Bett hatte? Das darf niemals herauskommen."

Narcissus Gesicht drückte Verständnis aus.

„Um deine kaiserliche Person zu schützen, sollte man die Verschwörung vielleicht vorerst geheim halten. Erwiesen ist der Ehebruch Julias mit Seneca. Man könnte beide ohne Weiteres deshalb in die Verbannung schicken. Damit wären sie erst einmal aus der Stadt und könnten keinen großen Schaden mehr anrichten. Wenn die arme Julia dann in der Verbannung stirbt, wird niemand Fragen stellen. Und Julia wird nichts mehr ausplaudern können."

Unschlüssig rückte Claudius auf seinem Stuhl hin und her. So zu handeln, hieß das römische Recht beugen. Doch galt es nicht auch, die kaiserliche Autorität zu schützen? Was sollten die Römer von einem Kaiser denken, der seine schwangere Frau mit der eigenen Nichte betrog? Nein, diesen Verlust an Ansehen wollte Claudius nicht riskieren.

„Bringt sie nach Pandanteria. Auf dieser Insel ist noch niemand alt geworden. Und Seneca verfrachtet nach Korsika. Noch heute Nacht sollen sie aus Rom verschwinden. Ich bete zu den Göttern, dass ihre Namen nie wieder an mein Ohr dringen."

„Ja, Cäsar. Es wird alles genauso geschehen, wie du es befiehlst."

Narcissus verneigte sich kurz vor dem Kaiser. Dann ging er, von Siegesfreude erfüllt, an die Ausführung seiner so perfekt geplanten Intrige.

Claudius blieb, von inneren Zweifeln gepeinigt, allein zurück. Zum ersten Mal in seinem Leben fühlte er sich alt, verbraucht und unendlich einsam. Wem konnte er überhaupt noch trauen, wenn selbst die schöne, liebevolle Julia ihn so grausam betrog? Mit unbarmherziger Härte begann die Last seines Amtes auf seine Schultern zu drücken. Handelte er richtig, wenn er die Verschwörung gegen seine Person nicht öffentlich ahndete, sondern auf anderem Weg die Gerechtigkeit herbeiführte? Müde ließ der Kaiser seinen Kopf in seine Hände sinken. Zum ersten Mal seit Wochen hatte er keine Lust, sich seinen Büchern und Schriften zuzuwenden.

„Herr!"

Gramgebeugt blickte Claudius zu Callistus auf.

„Was gibt es jetzt schon wieder?", fragte er erschöpft.

„Eine Nachricht aus den Gemächern der Kaiserin", antwortete Callistus bewegt. „Die Kaiserin hat vor wenigen Minuten einen gesunden Sohn zur Welt gebracht."

Einige Augenblicke starrte Claudius Callistus ungläubig an. Erst dann begriff er, was geschehen war. Wie von selbst fiel alle Schwermut von ihm ab. Seine Messalina, sie hatte ihm einen Sohn geschenkt. Nie wieder würde er auch nur einen Augenblick an ihr zweifeln. Wenn es überhaupt einen Menschen gab, dem er vertrauen konnte, dann ihr. Vergessen waren alle Gewissensnöte. Was kümmerte ihn die treulose, hinterhältige Julia? Er hatte jetzt einen Sohn, für dessen Zukunft er verantwortlich war. Wenn dies in der Stunde der Bedrängnis kein Zeichen der Götter war, dann gab es sie nicht.

4.

Seit Wochen waren die Gemächer der Kaiserin bis spät in die Nacht erleuchtet. Messalina hatte allen Grund zu feiern. Nicht nur, dass sie dem Reich einen Erben geschenkt hatte, nein, auch ihre ärgste Widersacherin war vernichtet. Julia war auf der Insel Pandanteria, und schon bald würden die Handlanger des Narcissus ihr Werk dort vollenden. Auch die spitze Zunge des Seneca war zum Schweigen gebracht. Nichts konnte Messalina jetzt noch davon abhalten, sich hemmungslos ihrem Vergnügen zu überlassen, fühlte sie sich in ihrer Position als Kaiserin doch stärker als jemals zuvor. Und auch ihr Verhältnis zu Narcissus war nie besser gewesen, auch wenn er sie als Mann allmählich zu langweilen begann. Messalina sehnte sich nach Abwechslung.

Narcissus war der Stimmungswandel Messalinas keinesfalls entgangen. Doch ihre veränderte Haltung ihm gegenüber beunruhigte ihn nicht weiter, hatte er sich doch über das Wesen der Kaiserin nie Illusionen gemacht. Sie war eine viel zu genusssüchtige und launische, unberechenbare und verwöhnte Frau, um sich auf Dauer an einen Mann zu binden. Das wusste Narcissus, und es erleichterte ihn auf gewisse Weise sogar, denn Messalina war eine mehr als nur anstrengende Geliebte gewesen. Einem anderen ihr Bett zu überlassen, würde ihm endlich die Zeit bringen, die er brauchte, um seine Machtposition am Hof weiter auszubauen. Die Geheimnisse, die ihn und die Kaiserin inzwischen verbanden, ketteten sie fest aneinander. Allein der Tod konnte ihr geschlossenes Bündnis lösen. Darum musste Narcissus in Zukunft nur auf eins achten. Er durfte keinen seiner Feinde in der Nähe der Kaiserin dulden. Allein das konnte für ihn gefährlich werden.

Doch gerade hier tat sich das erste Problem auf. Messalina schien ein Auge auf den von Julia so grausam betrogenen Marcus Vinicius geworfen zu haben. Sie glaubte wohl, dass der einsame Marcus Vinicius eine leichte Beute sein würde. Dass dies äußerst einfältig von ihr war, wusste Narcissus genau. Trotzdem dachte er nicht daran, Messalina zu warnen.

Marcus Vinicius gehörte zu jenem alteingesessenen Adel, der noch immer auf Freigelassene wie ihn voll Verachtung herabblickte. Dass er sich mit der Verbannung seiner Frau nicht abfinden wollte, war daher wohl auch weniger seinen Gefühlen für seine Frau zuzuschreiben als dem Wunsch, den guten Namen der Familie wiederherzustellen. Allein schon deshalb drängte er immer wieder auf eine vollständige Aufklärung des Vorfalls. Seine Eingaben beim Kaiser erschienen Narcissus gefährlich, verhinderten sie doch, dass sich endlich Vergessen über den Vorfall senkte und Julia ungestört für immer zum Schweigen gebracht werden konnte. Hinzu kam, dass die Apelle des Vinicius den ohnehin wankelmütigen Claudius zu beeindrucken schienen. Darum sah Narcissus nur eine Lösung für das Problem. Vinicius musste ebenfalls zum Schweigen gebracht werden. Doch

80

noch hielt Messalina schützend den Arm über ihn und verbot ihrem Berater, etwas gegen den Patrizier zu unternehmen. Nun, sollte die Kaiserin doch ihr Glück bei Vinicius versuchen. Ein grausames Lächeln huschte über das Gesicht des Freigelassenen. Vinicius würde sich empört dem Werben der Kaiserin entziehen, dessen war Narcissus sich gewiss. Nichts ahnend, würde er damit sein Todesurteil unterschreiben, denn Messalina war nicht die Frau, die eine solche Kränkung vergeben konnte. Vinicius würde fallen, und zwar bald, und er, Narcissus, würde das nicht unbeträchtliche Vermögen des Adligen einziehen.

Es war für Narcissus ein Leichtes, Marcus Vinicius nach erneuter kaiserlicher Ablehnung einer Audienz dazu zu bringen, bei der Kaiserin vorzusprechen.

„Sie ist eine Frau", meinte Narcissus vielsagend. „Daher wird sie für deinen Wunsch, deine Frau zurückzuholen, eher Verständnis haben als der Kaiser. Gewinne Messalina für dich, und du wirst auch Claudius hinter dir haben. Niemand hat mehr Einfluss auf den Kaiser als die Kaiserin."

Das erschien Marcus Vinicius einleuchtend, auch wenn er sich misstrauisch fragte, warum ausgerechnet Narcissus ihm diesen Rat erteilte. War er nicht derjenige gewesen, der den ganzen Skandal verursacht hatte? Von einem unguten Gefühl gewarnt, wollte Marcus Vinicius es dennoch nicht versäumen, jede Möglichkeit, Julia aus der Verbannung zurückzuholen, auszuschöpfen. So schickte er einen seiner Sklaven zu den Gemächern der Kaiserin, um für ihn für die nächsten Tage eine Audienz zu erbitten.

Messalina bebte vor Glück, als man ihr den Wunsch des Vinicius überbrachte. Bereitwillig stimmte sie zu. Sie machte sich zwar keine Illusionen darüber, warum Marcus Vinicius sie zu sprechen wünschte. Doch sie glaubte zu fest an ihre Verführungskünste, um nicht davon überzeugt zu sein, dass Marcus Vinicius Julia in ihren Armen für immer vergessen würde.

Sorgfältig und mit viel Aufwand ließ sie sich von ihren Sklavinnen für dieses Treffen baden, salben und ankleiden. Über Brusttuch und Schurz aus feinster Seide kam eine hauchdünne, aus feinstem Musselinstoff gewebte Toga, darüber ein mit goldenen Spangen gehaltene Stola. Goldene Armbänder und Ketten verzierten das Ganze. Dann überließ Messalina sich den geschickten Händen ihrer Frisiersklavin, die ihr Haar auftürmte, wie es der neusten Mode in Rom entsprach. Schließlich wurde das Gesicht der Kaiserin noch sorgfältig geschminkt. Ein ins Haar gesetztes, strahlendes Diadem bildete den Abschluss der Prozedur.

Zufrieden betrachtete Messalina ihr Bild in dem großen Kupferspiegel. Aus der nicht übermäßig schönen, nach der Geburt ihres zweiten Kindes üppig gewordenen Frau, war nun wahrhaft eine Kaiserin geworden, in deren Händen mehr Macht ruhte, als die meisten Römer auch nur ahnten. Der Mangel an Schönheit kümmerte Messalina darum nicht weiter. Sie wusste aus Erfahrung, man musste nicht schön sein, um in einem Mann die

82

Leidenschaft zu wecken. Und hatte man sie erst geweckt, dann beherrschte man ihn. So wie sie Claudius beherrschte, so wollte sie jeden Mann beherrschen, der ihr gefiel. Heute stand ihr Sinn nach Marcus Vinicius. Ihn hatte sie zu Narcissus Nachfolger bestimmt.

Marcus Vinicius erschien pünktlich zur Audienz bei der Kaiserin. Seine Hoffnung, Messalina für seine Sache zu gewinnen, war nicht allzu groß, wusste er doch, dass sie und der Kabinettsekretär eng miteinander befreundet waren und Narcissus ihm nicht wohlgesonnen war. Dass sich hinter dieser Freundschaft mehr verbarg, wie böse Zungen immer wieder behaupteten, glaubte Vinicius jedoch nicht. Er wusste aus Erfahrung, wie schnell eine Verleumdung zustande kam. Hatte man seiner Frau Julia nicht auch nachgesagt, mit dem Onkel ein Verhältnis zu haben? Derartigen Gerüchten hatte Vinicius noch niemals Glauben geschenkt. Selbst dass Seneca und Julia eine Liebesbeziehung miteinander gehabt haben sollten, konnte er noch immer nicht recht fassen. Es bestand in seinen Augen noch immer die Möglichkeit, dass es sich bei dem ganzen Vorfall um eine bösartige Intrige handelte, die sein Ansehen schwächen sollte. Diese Überlegung führte Vinicius der geduldig lauschenden Kaiserin aus.

Gelangweilt hatte Messalina Marcus Vinicius zugehört. Innerlich amüsiert, fragte sie sich, ob dieser Mann wirklich so naiv war, wie er tat. Den Glauben an Ehrbarkeit, Anstand, Sitte und Moral, wo gab es den noch in Rom? Vielleicht hatte er in den Köpfen einiger, weniger überlebt, so wie bei Marcus Vinicius. Doch er war nicht mehr als eine Illusion, die von der Wirklichkeit schon lange eingeholt worden war.

„Es freut mich wirklich, zu hören, dass dein Glauben an die Unschuld deiner Frau ungebrochen ist, mein lieber Marcus", begann Messalina huldvoll. „Doch leider gibt es da allzu viele Tatsachen, die gegen sie sprechen. Es gab mehrere Zeugen, die die beiden in eindeutiger Situation überrascht haben."

„Edle Messalina, du weißt so gut wie ich, dass man Zeugen kaufen kann. Ich kann es nicht glauben, dass Julia…"

„Aber so war es", unterbrach Messalina Vinicius leicht gereizt. Ihre Geduld mit diesem törichten Mann erschöpfte sich langsam. „Dass du eine so hohe Meinung von deiner Frau hast, ehrt dich, Marcus. Doch ich glaube, es wird allmählich Zeit, dass du den Tatsachen ins Auge siehst. Julia hat dich mit Seneca betrogen. Mehr noch, sie hat gemeinsam mit ihm ein Komplott gegen den Kaiser geplant. Deine Gattin war nie die treusorgende, liebevolle Frau, die du in ihr siehst. Sie war nichts als eine kleine Intrigantin, die dich grausam betrogen hat."

„Wenn sie wirklich in ein solches Komplott verstrickt war, dann verstehe ich nicht, warum der Fall nicht vor ein Gericht kam", wandte Marcus ein.

Mit einem spöttischen Grinsen auf den Lippen holte Messalina zu ihrem Schlag aus. Sie war sich sicher, dass Marcus damit nicht nur die Augen

84

über Julia öffnen, sondern ihn auch in ihre Arme treiben würde.

„Es gab keine solche Verhandlung, weil mein treusorgender Ehemann, unser ehrenwerter Kaiser, mich mit deiner schönen, verführerischen Frau, während ich hochschwanger war, betrogen hat. Dies ist auch der Grund dafür, warum der Kaiser es entschieden ablehnt, dich zu empfangen. Der lüsterne, alte Mann fürchtet um seinen Ruf. Stell dich endlich der Wirklichkeit, Marcus", flötete Messalinas Stimme weich und einschmeichelnd. „Wir beide sind grausam betrogen worden, du noch weit mehr als ich. Julia hat dich nur geheiratet, weil sie dein Geld brauchte. Doch ihren wirklichen Zielen standest du im Weg. Sie hatte sich vorgenommen, an meiner Stelle Kaiserin zu werden. Nur deshalb hatte sie sich Claudius hingegeben. Als sie jedoch erkennen musste, dass sie ihr Ziel nicht erreichen würde, wandte sie sich an Seneca, um sich am Kaiser zu rächen. Du, Marcus, warst für sie nie wirklich von Bedeutung. Hätte sie ihr Ziel bei Claudius erreicht, sie hätte sich bedenkenlos deiner entledigt. Darum hör auf meinen Rat und vergiss sie. Was ihr geschehen ist, hat sie verdient."

Zwischen Glauben und Unglauben schwankend, starrte Vinicius die Kaiserin an. All das, was Messalina ihm da erzählte, konnte nicht wahr sein. Doch warum hielt Messalina dann seinem Blick ungerührt stand? Konnte es wirklich jemanden geben, der solche Gemeinheiten erfand? Zumindest ein Körnchen Wahrheit musste wohl doch darin enthalten sein.

„Woher weißt du, dass der Kaiser und Julia wirklich…?"

„Ich selbst habe die beiden überrascht. Und ich kann von Glück sagen, dass ich es tat, denn sonst wäre der gemeine Plan deiner Frau vielleicht sogar geglückt", erwiderte Messalina kalt.

Zutiefst getroffen, ließ Marcus sich auf eine Liege fallen. Eine Sklavin reichte ihm einen Becher Wein.

„Ja, Marcus, du siehst, das Leben ist grausam mit unseren Gefühlen umgesprungen", erhob Messalina einschmeichelnd ihre Stimme. „Mein Mann hintergeht mich. Missgünstige Menschen umgeben mich, die mich vernichten wollen. Und dabei habe ich diesen Platz doch niemals gewollt. Wie sehr sehnte ich mich nach einem einfachen, beschaulichen Dasein, mit einem Mann an meiner Seite, der mich ebenso liebt wie ich ihn. Alles wäre ganz anders gekommen, hätte ich dich damals heiraten dürfen, wie ich es mir immer gewünscht hatte. Doch das Schicksal hat mir dieses Glück vorenthalten, um mich an die Seite eines grausamen, alten, lüsternen Mannes zu stellen. Und dir, lieber Marcus, erging es nicht viel besser. Wäre es da nicht gerecht, uns ein klein wenig von dem Glück zu stehlen, das das Schicksal uns vorenthalten hat? Du bist einsam. Lass uns einander trösten."

Messalinas warme, lockende Stimme, ihre verführerischen Worte drangen kaum bis zum Bewusstsein des Marcus Vinicius vor. Zu tief saß die Wunde, die Messalina ihm zugefügt hatte. Und noch immer zweifelte er, hoffte auf eine einleuchtende Erklärung.

„Bist du dir ganz sicher, meine Kaiserin?", fragte er flehend. „Kann nicht doch irgendein Missverständnis dies alles verursacht haben?"

„Siehst du einen Grund, warum ich dich belügen sollte", entgegnete Messalina, während sie sich neben Marcus Kline stellte und behutsam mit ihrer Hand seine breiten Schultern berührte. „Glaub mir, ich wünschte, ich könnte dir etwas anderes sagen. Doch es ist die Wahrheit. Alles, was ich dir bieten kann, ist Trost und Vergessen in meinen Armen."

Zärtlich begann Messalinas Hand über Marcus Brust zu streicheln. Marcus ließ es geschehen. Für einen kurzen Augenblick glaubte die Kaiserin an ihren Sieg, war sie davon überzeugt, das Spiel gewonnen zu haben. Doch in dem gleichen Augenblick, in dem Marcus sein stumpfsinniges Brüten aufgab und sich der Berührung der Kaiserin bewusstwurde, sprang er entsetzt auf. Abscheu und Ekel waren in seinen Augen zu finden.

„Ich glaube, es ist besser, wenn ich jetzt gehe, meine Kaiserin."

Eilig verneigte er sich vor Messalina und eilte dann zur Tür hinaus, ohne die Erlaubnis abzuwarten, sich entfernen zu dürfen.

Am ganzen Körper vor Zorn bebend, gedemütigt und enttäuscht, blieb Messalina allein zurück.

„Dann eben nicht, du alter Narr", zischte sie wütend. „Wenn du nicht mein Freund sein willst, dann bist du eben mein Feind. Und meine Feinde vernichte ich." An eine Sklavin gewandt, gab sie den Befehl: „Hole Narcissus. Ich muss ihn sprechen. Sofort."

Triumphierend nahm Narcissus Messalinas Befehl, den lästig gewordenen Marcus Vinicius zu vernichten, entgegen.

„Verschaff ihm eine Audienz beim Kaiser. Den Rest überlasse mir."

Verwirrt blickte Messalina ihren Vertrauten an.

„Aber eine Audienz könnte gefährlich sein. Vielleicht kann er Claudius umstimmen."

„Das wird er nicht", beharrte Narcissus. „Er wird bei dieser Audienz nicht zum Reden kommen. Vertraue mir, meine Kaiserin."

Messalina verstand zwar nicht, was Narcissus meinte. Doch sie wusste aus Erfahrung, dass sie sich auf ihn völlig verlassen konnte.

„Einverstanden. Ich werde tun, worum du bittest. Doch sorge du dafür, dass er mir nie wieder unter die Augen tritt."

„Das verspreche ich dir", versicherte Narcissus. Schmeichelnd fügte er hinzu: „Vielleicht steht der Sinn meiner Kaiserin nach etwas Ablenkung. Ich habe da einen Freund, der nur zu gern einer Frau wie dir dienlich wäre. Sein Name ist Sulpicius Rufus. Er ist der Leiter der kaiserlichen Gladiatorenschule auf dem Aventin. Dort findet heute Nacht eines der berühmten Gladiatorenfeste statt. Daran teilzunehmen würde dich gewiss auf andere Gedanken bringen."

„Ein Gladiatorenfest sagst du?" Messalina überlegte einen Augenblick lang. Gewiss, morgen würden die kaiserlichen Munera, die Zirkusspiele, stattfinden. Die dem Tod geweihten Gladiatoren hatten das Recht, am Abend vor den Spielen ein Fest zu veranstalten. Viele vornehme und wohlhabende Römerinnen zahlten Unsummen, um einmal an einem solchen Gelage teilnehmen zu dürfen. Messalinas Augen begannen zu leuchten. Wieder einmal bewunderte sie Narcissus Schlauheit. Er hing sich nicht an das, was er nicht halten konnte, sondern begnügte sich mit dem, was sie zu geben bereit war. Und er war sogar bereit, ihr das zu verschaffen, wonach sie sich sehnte – Abwechslung.

„Ist es denn möglich, dass ich dort unerkannt hingehe?"

Narcissus lächelte überlegen.

„Rufus wird es eine Ehre sein, die Kaiserin zu Gast zu haben. Für seine Verschwiegenheit verbürge ich mich. Und was die Gladiatoren betrifft, so sorge dich noch weniger. Die meisten von ihnen überleben den nächsten Tag nicht. Und diejenigen, die siegen, werden sich hüten, den Mund zu öffnen, wissen sie doch, dass ihr Leben schon im nächsten Augenblick von dem erhobenen oder gesenkten Daumen deiner Majestät abhängen kann."

Messalina war begeistert. Die Atmosphäre, die im Gladiatorenhof herrschte, erregte sie auf eine bislang unbekannte Art und Weise. Hier fand sie alles, wonach sie gesucht hatte, Lust, Gier, Lebenshunger, aber auch Angst, Hoffnungslosigkeit und Verzweiflung. Schweigend beobachtete die Kaiserin, begleitet von ihrem Ehrenwächter Titus Proculus, ihrer Sklavin Lydia und Sulpicius Rufus, das Gelage im Hof von einem versteckten Platz aus. Die derbe Sprache, die durchtrainierten, gelenkigen Männerkörper faszinierten sie ebenso wie die künstliche, ausgelassene Fröhlichkeit, die die Szene beherrschte. An Rufus gewandt, sagte die Kaiserin schließlich: „Diesen dort, den jungen, blassen Mann, bringe ihn zu mir."

„Verzeih, Kaiserin", wandte Rufus ein, „aber ich glaube nicht, dass er dir heute Nacht viel Freude bereiten wird. Es ist sein erster Kampf, und die Angst steht ihm im Gesicht geschrieben…"

„Ihn und keinen anderen", beharrte Messalina auf ihrer Wahl. Sie hatte die Angst in den Augen des jungen Mannes sehr wohl gesehen. Und gerade diese Angst war es, die der Kaiserin eine neue Art von Genuss bereitete. Der Gedanke daran, einen fast schon toten Mann in den Armen zu halten, aus ihm das letzte bisschen Männlichkeit herauszuziehen, bevor sein Schicksal ihn ereilte, erregte Messalina. Es war einfach berauschend, Macht zu besitzen.

Fest entschlossen, den Anschuldigungen Messalinas auf den Grund zu gehen, schritt Marcus Vinicius in der Vorhalle des kaiserlichen Empfangszimmers auf und ab. Er wollte, er brauchte Gewissheit. Als schließlich ein Sklave die Tür öffnete, um ihm Einlass zum Kaiser zu gewähren, ging er zielstrebig auf den Empfangssaal zu.

„Nein, nicht, lasst ihn nicht zum Kaiser."

Die durchdringenden Schreie, die hinter ihm ertönten, ließen Marcus Vinicius innehalten.

„Was soll das?", herrschte er seinen Sklaven an, der zusammen mit Narcissus gerade die Vorhalle betreten hatte.

„Er trägt einen Dolch bei sich. Er will den Kaiser ermorden", rief der Sklave außer sich.

„Was für einen Unsinn redest du da?"

Zornig war Marcus Vinicius auf den Sklaven zugetreten. Doch Narcissus verstellte ihm den Weg.

„Auch ich schenke der Anschuldigung dieser Kreatur wenig Glauben", beruhigte Narcissus den aufgebrachten Vinicius. „Doch du wirst sicher verstehen, dass das Leben des Kaisers zu wichtig ist, um nicht auch dem kleinsten Verdacht nachzugehen."

An zwei Prätorianer gewandt gab Narcissus den Befehl, Marcus Vinicius zu durchsuchen.

„Was ist denn hier los?", stotterte der verwirrt dreinblickende Claudius, der, durch den Lärm im Vorzimmer neugierig geworden, hinzugekommen war.

„Verzeih, Cäsar", entschuldigte Narcissus sich rasch. „Es handelt sich um eine reine Vorsichtsmaßnahme."

„Hier!"

Einer der Prätorianer zog aus der weiten Palla, dem Umhang des Vinicius, einen in den Stoffsaum eingelassenen Dolch hervor. Voll Entsetzen starrte Claudius erst auf die Waffe, dann auf Vinicius.

„Also doch", stotterte er, und seine Nase begann wieder einmal vor Aufregung zu tropfen. „Du wolltest mich tatsächlich ermorden."

„Nein, Cäsar."

Vinicius war fassungslos. Er hatte die Waffe nicht im Mantel versteckt, noch sie je zuvor gesehen. Dass es sich hier um eine gemeine Intrige gegen ihn handelte, war sicher. Doch wer würde ihm das glauben?

„Gestehe, du erbärmlicher Schuft", herrschte Marcus Vinicius seinen Sklaven an. „Man hat dich dafür bezahlt, dass du die Waffe bei mir versteckst und mich dann anzeigst. Wer war dein Auftraggeber?"

Ängstlich tauschte der Sklave einen Blick mit dem Kabinettsekretär. Das kaum merkliche Nicken des Narcissus gab ihm den Mut, weiter zu lügen.

„Es tut mir leid, Herr. Bei allem anderen hätte ich geschwiegen. Doch dass du den Kaiser ermorden willst, das kann ich nicht zulassen."

„Er wollte mich ermorden, sagst du?", fragte Claudius, vor Angst am ganzen Körper zitternd.

„Ja, Cäsar", antwortete der Sklave fest. „Seit Tagen sprach er von nichts anderem mehr, als dass du dafür büßen müsstest, die edle Julia Livilla verführt zu haben. Ich sah, wie er den Dolch in seinem Mantel versteckte. Doch ich zögerte, denn Vinicius war immer ein guter Herr gewesen. Sollte ich ihn wirklich verraten? Ich rang lange mit mir, bis mein Gewissen mich schließlich doch zum Palast trieb."

Claudius nickte.

92

„Das hast du richtig gemacht. Es war gut, mich zu warnen. Schafft den Verräter fort."

Marcus Vinicius sank vor Claudius auf die Knie.

„Bitte, Cesar. Ich wusste von der Waffe nichts, noch habe ich dir nach dem Leben getrachtet. Du musst mir glauben."

Doch Claudius winkte nur ungehalten ab.

„Du bist offensichtlich genauso hinterhältig und niederträchtig wie deine Frau. Schafft ihn mir aus den Augen."

Damit war das Schicksal des Marcus Vinicius besiegelt, denn Claudius wollte auf jeden Fall vermeiden, dass über sein Verhältnis mit seiner Nichte Julia geredet werden würde.

Noch am selben Tag unterschrieb der Kaiser das Todesurteil des Marcus Vinicius ebenso wie das für dessen Frau Julia Livilla. Schon am nächsten Morgen wurde Vinicius mit Billigung des Senats durch das Schwert hingerichtet. Die Aussage des Sklaven und der gefundene Dolch sprachen für sich.

Dass die Leiche des aussagenden Sklaven wenige Tage später aus dem Tiber gezogen wurde, machte zwar manchen stutzig. Doch keiner wagte es mehr, gegen den immer mächtiger werdenden Narcissus das Wort zu erheben.

Mit einem Gefühl der Genugtuung nahm Messalina die Nachricht von der Hinrichtung des Marcus Vinicius auf. Leidenschaftlich wie lange nicht mehr umarmte sie Narcissus und forderte ihn auf, die Nacht mit ihr zu verbringen, um den großen Sieg zu feiern.

5.

Der Tod des Marcus Valerius Messala Barbatus kam plötzlich und unerwartet. In Messalina rief er wenig Bedauern hervor, hatte sie ihrem Vater doch schon lange nichts mehr zu sagen gehabt. Aber für Domitia Lepida war es ein harter Schicksalsschlag. Allein auf sich gestellt, wusste sie mit ihrem Leben wenig anzufangen und suchte darum vermehrt die Gesellschaft ihrer Tochter. Diese Entwicklung gefiel Messalina wenig, war ihre Mutter nicht nur neugierig, sondern auch geschwätzig. So begann Messalina schon bald nach dem Tod des Vaters darüber nachzudenken, wie sie die ihr lästig werdende Lepida von sich ablenken konnte. Es dauerte nicht lange, bis die Kaiserin die richtige Idee zu haben glaubte. Zufrieden mit ihrem Einfall machte sie sich unverzüglich auf den Weg zu Claudius Arbeitsräumen. Zielstrebig schob sie die Wachen beiseite und trat ein.

„Verzeih meine Störung, Claudius, aber es gibt da ein Problem, über das ich mit dir sprechen muss."

Claudius war von dem unerwarteten Besuch seiner Frau hocherfreut. Wieder einmal empfand er es als schmerzlich, dass seine vielen Aufgaben als Kaiser ihn immer öfter davon abhielten, Messalina und seinen Kindern Zeit zu widmen.

„Sag mir, wie ich dir helfen kann, und ich werde es tun", antwortete er spontan, während er auf Messalina zuging und sie zärtlich umarmte.

Messalina ließ sich seine Umarmung gefallen, erwiderte seine Zärtlichkeiten sogar, da sie doch beabsichtigte, etwas von Claudius zu erbitten.

„Es geht um meine Mutter, Claudius. Seit dem Tod meines Vaters sieht sie in ihrem Leben keinen rechten Sinn mehr. Sie braucht jetzt dringend eine neue Aufgabe. Ich denke, es wäre gut, sie wieder zu verheiraten."

Claudius nickte nach kurzem Überlegen zustimmend.

„Du hast gewiss recht, meine Liebe. Erst die Ehe bringt in das Leben eines Menschen Sinn. Und dein Gedanke kommt meinen Plänen sogar gelegen. Ich suche schon lange nach einer Möglichkeit, meinen alten Freund Gaius Appius Junius Silanus aus Spanien nach Rom zurückzuholen. Ich möchte, dass er mich in Rom vertritt, während ich mit dem Heer nach Britannien ziehe. Ich halte zwar viel von Narcissus, doch die ganze Macht allein in seinen Händen zu lassen, erscheint mir zu weit zu gehen. Eine solche Maßnahme würde den römischen Adel zu sehr provozieren. Außerdem braucht selbst der ehrlichste und gewissenhafteste Mensch gelegentlich Kontrolle, um ehrlich und gewissenhaft zu bleiben."

„Ja, aber was hat das mit meiner Mutter zu tun?", fragte Messalina aufhorchend. Die Andeutung des Kaisers ließ sie vermuten, dass er Narcissus gegenüber misstrauisch geworden war.

„Ganz einfach. Ich werde Silanus die Hand deiner Mutter anbieten. Eine solche Ehre kann er nicht ausschlagen. So ist allen geholfen. Deine

Mutter hat wieder einen Mann, und ich habe Silanus in Rom."

Nachdenklich nickte Messalina.

„So soll es geschehen", antwortete sie schließlich, nichts als Schwierigkeiten vorausahnend. Silanus war ihr als kluger, unbestechlicher Mann bekannt. Er würde schon bald erkennen, was in Rom wirklich vor sich ging. Nicht der arglose Kaiser regierte das Imperium, sondern die Kaiserin und ihre Helfer. Und während Claudius ständig neue Gesetze gegen Korruption erließ und bemüht war, die leeren Staatskassen zu füllen, flossen Unsummen von Bestechungsgeldern für Titel, Bürgerrechte, Ämter und Staatsaufträge nach wie vor in die Privatkassen der Kaiserin und ihrer Getreuen. Von all dem hatte der Kaiser keine Ahnung. Doch würde ein Mann wie Silanus ihn nicht schon bald über all das aufklären? Das durfte unter keinen Umständen geschehen. Also musste man über Mittel und Wege nachdenken, dies zu verhindern. Noch heute würde sie sich mit Narcissus beraten.

„Wir sollten wirklich mehr Zeit miteinander verbringen", meinte der Kaiser, sich wieder einmal der Anziehungskraft, die Messalina noch immer auf ihn ausübte, bewusst werdend.

„Ja, das sollten wir, Claudius. Meine Nächte sind einsam und leer ohne dich. Trotzdem beklage ich mich nicht. Schließlich gehört ein Kaiser erst seinem Reich und dann seiner Familie."

Ein schelmisches Lächeln glitt über Messalinas Gesichtszüge. Sie wusste nur zu genau, dass Claudius sich nach einem arbeitsreichen Tag

96

durchaus sein Vergnügen gönnte. Auch er brauchte eben gelegentlich Abwechslung. Die käuflichen Damen Roms gingen nachts in den kaiserlichen Gemächern ein und aus. Ihre derben, prallen Körper schienen den Kaiser auf besondere Art zu reizen. Und wenn keine Hure zur Stelle war, so tat es auch eine der Kammerzofen Messalinas, die sie vorsichtshalber immer in der Nähe des kaiserlichen Cubiculums schlafen ließ.

Messalina gönnte Claudius dieses Vergnügen nur allzu gern, hielten diese ihn doch von ihr fern. Solange sie gewiss war, dass keine dieser Frauen ihre Stellung bedrohte, wie Julia dies getan hatte, sollte Claudius sich nur amüsieren.

Der eintretende Felix, Leibdiener des Kaisers, schreckte Messalina aus ihren Gedanken.

„Herr, es ist Zeit, zu den Spielen aufzubrechen, wenn du die besten Kämpfe nicht versäumen willst."

Ein seltsamer Glanz trat in die Augen des Kaisers. Wie viele feige Menschen, die ein Leben in Angst und Unsicherheit hinter sich haben, fand Claudius nun seinerseits eine sadistische Freude an Blutvergießen und Grausamkeiten. Oft ließ er es sich nicht entgehen, bei Folterungen persönlich anwesend zu sein. Und auch bei den tödlichen Gladiatorenkämpfen und Tierhetzen in der Arena fehlte er nie.

„Willst du mich nicht begleiten, meine Liebe?"

Messalina schüttelte ablehnend den Kopf. Nein, sie hatte kein Interesse daran, die Männer, die sie nachts in ihren Armen gehalten hatte, am Tag sterben zu sehen. Lebendig waren sie ihr lieber.

„Wie gerne würde ich dich begleiten, Claudius. Aber meine Mutter, sie braucht mich jetzt dringend."

Eilig zog Messalina sich zurück, um Claudius seinen blutigen Freuden zu überlassen.

Die Hochzeit Domitia Lepidas mit Gaius Appius Junius Silanus wurde im Palast mit großem Aufwand gefeiert. Lepida war zu neuem Leben erblüht, nachdem sie festgestellt hatte, dass sie sich zu Silanus wirklich hingezogen fühlte. Und auch Claudius war fröhlich und ausgelassen wie lange nicht mehr, wusste er doch, dass er sich mit Silanus einen wirklichen und aufrechten Freund nach Rom geholt hatte. Nicht, dass er seinem Kabinettsekretär Narcissus, seinem Finanzminister Pallas und seinem obersten Richter Callistus misstraut hätte. Doch eine aufrichtige Zuneigung, wie sie ihn mit Silanus verband, konnte er für keinen der Freigelassenen empfinden, auch wenn sie in der Staatsführung jeden Tag aufs Neue große Fähigkeiten bewiesen. Den Gerüchten, dass die drei sich auf Staatskosten persönlich bereicherten, schenkte Claudius keinen Glauben. Eher hielt er die sich hartnäckig haltende Behauptung, dass Narcissus und Messalina mehr als Freundschaft verband, für möglich. Doch selbst darüber konnte Claudius nicht recht böse sein, wusste er doch, wie anspruchsvoll seine Frau im Bett war. Darin lag die eigentliche Ursache dafür, dass er nur noch selten eine Nacht mit Messalina verbrachte. Er fühlte sich der wilden Leidenschaft der so viel jüngeren Frau nicht mehr gewachsen. Die jungen, unerfahrenen Kammerzofen seiner Frau und Prostituierte aus der Vorstadt waren da doch viel einfacher zu haben. Und wenn er sich sein Vergnügen anderweitig suchte, dann hatte er kein Recht, seiner Frau wegen ihrer Fehltritte Vorwürfe zu machen. Deshalb duldete Claudius still Messalinas ausschweifenden Lebenswandel. Er änderte nichts an seiner Bewunderung und Liebe für sie, der Mutter seines Sohns Britannicus.

Brütend lag Messalina bei Tisch und beobachtete voll Missbehagen die leuchtenden Augen ihrer Mutter Lepida. Ihre offensichtliche Verliebtheit erschien der Kaiserin mehr als lächerlich. Silanus war anzusehen, dass er diese Heirat weit nüchterner betrachtete. Doch das war es nicht, was Messalina die Stimmung verdarb. Etwas anderes beunruhigte sie. Obwohl Silanus erst wenige Tage in der Stadt weilte, hatte er bereits mehr über die wirklichen Verhältnisse in Rom erfahren als gut war. Der ganze verarmte römische Adel schien seine Hoffnungen auf ihn zu setzen. Er war ihr Mann, sollte dem Unwesen der herrschenden Freigelassenen endlich ein Ende bereiten. Und gewiss war Silanus dazu fähig, ihr so perfekt funktionierendes System der Geldeinnahmen offenzulegen und zu zerschlagen. Ärgerlich verzog Messalina den Mund. War sie es nicht gewesen, die Claudius einen Grund gegeben hatte, Silanus nach Rom zurückzurufen. Nun musste sie sehen, wie sie mit den Folgen ihrer unbedachten Handlung fertig wurde.

Narcissus, Pallas und Callistus stimmten mit Messalina darin überein, dass bald ein Weg gefunden werden musste, diesen gefährlichen Mann loszuwerden. Doch bei einer so hochgestellten und angesehenen Persönlichkeit wie Silanus war dies keineswegs einfach. Die Loyalität und Kaisertreue seiner Person schienen nicht anzweifelbar. Dass er ihrem Zusammenschluss gegenüber keine freundschaftlichen Gefühle hegte, hatte er mehr als nur deutlich zu verstehen gegeben, pflegte er doch die drei Freigelassenen einfach zu übersehen, wenn er ihnen irgendwo im Palast begegnete. Und das war etwas, das Männern, die sich ihren Weg von unten nach oben mühsam hatten erkämpfen müssen, die schwerste Beleidigung bedeutete, die man ihnen zufügen konnte. Doch im Augenblick sahen die drei führenden Köpfe des Staats keine andere Möglichkeit als abzuwarten. Irgendwo musste selbst ein Mann wie Silanus einen wunden Punkt besitzen. Er musste nur gefunden werden, und zwar bald.

Während Lepida vor Glück strahlend durch den Palast schritt, fühlte Messalina die Furcht in sich wachsen. Silanus Gegenwart beunruhigte sie ständig aufs Neue. Er schien überall zu sein. Nichts entging seinem scharfen Blick. Allmählich begann Messalina sich wirklich vor ihm zu ängstigen. Gewiss, Claudius hatte sich ihr gegenüber stets als gutmütiger Mann erwiesen. Doch wie würde er es wohl aufnehmen, wenn er erführe, dass sie die

Gesetze, die Claudius in mühsamer Arbeit gegen Korruption und Erpressung geschaffen hatte, umging, um sich persönlich zu bereichern? Messalina schauderte bei dem Gedanken. Deswegen suchte sie häufiger als früher die Gegenwart des Kaisers. Sie spielte ihm die liebende Gattin vor in der Hoffnung, zu erfahren, wie weit Silanus mit seinen Anschuldigungen schon gegangen war.

Doch auch Claudius neuerwachte Leidenschaft für seine Frau, da gab sich Messalina keinen Illusionen hin, würde sie bei einer Aufdeckung ihrer Machenschaften nicht schützen können. So war die Unterredung, um die Silanus die Kaiserin eines Tages bat, für Messalina der eindeutige Hinweis, endlich handeln zu müssen.

„Ich will ohne große Umschweife zur Sache kommen, Messalina", hatte er das Gespräch begonnen. „Ich bin über das, was am Hof geschieht, bestens informiert. Es ist nur noch eine Frage der Zeit, bis ich genügend Beweise gefunden habe, um dem Unwesen deiner Kreaturen ein Ende zu bereiten. Sie werden ihrer gerechten Strafe nicht entgehen. Ich bin heute zu dir gekommen, um dich zu warnen. Distanziere dich von den Machenschaften dieser Männer, bevor es zu spät ist. Versteh mich richtig. Ich gebe dir diesen Hinweis nicht um deinetwillen, sondern allein um dem Kaiser und deiner Mutter Kummer zu ersparen."

Noch lange nachdem Silanus gegangen war, stand Messalina kreidebleich im Raum. So wie dieser Mann hatte schon lange niemand mehr mit ihr zu sprechen gewagt. Und fast wäre Messalina sogar der Versuchung erlegen, sich von Silanus einschüchtern zu lassen. Doch dann siegte ihr Zorn über ihre Furcht. Noch war sie die Kaiserin. Noch hatte sie die Macht, Silanus zu vernichten. Es war sein erster großer Fehler gewesen, sie zu warnen. Silanus fühlte sich zu sicher. Sein blindes Selbstvertrauen war es, über das er stolpern würde.

Schweigend hatte Narcissus Messalina zugehört. Und wieder einmal war er von der Skrupellosigkeit der Kaiserin fasziniert.

„Und du glaubst wirklich, der Kaiser wird diesen Anschuldigungen Glauben schenken?", fragte er schließlich, noch immer skeptisch.

„Mir oder dir würde er vielleicht nicht glauben, das weiß ich. Aber wenn die Beschuldigungen von einer Person kommen, von der er genau weiß, dass sie sich Silanus ebenso verbunden fühlt wie der Kaiser selbst, dann müsste Claudius es wohl glauben."

„Und wen hast du dir dafür ausersehen?", fragte Narcissus neugierig.

„Meine Mutter, wen sonst? Jeder weiß, wie sehr sie in ihren Mann verliebt ist. Wenn sie nun aber das Gefühl hätte, von ihm grausam betrogen, hintergangen und ausgenutzt worden zu sein, wie würde sie wohl darauf reagieren?"

Narcissus begann Messalinas Gedanken zu verstehen.

„Und wenn von diesem Mann nun auch noch das Leben ihrer Tochter und ihres Enkels bedroht

102

werden würde, bliebe ihr da eine andere Wahl, als diesen Mann zu opfern?", fuhr Messalina fort. „Sorge du für gute Fälschungen, Narcissus. Ich werde dafür Sorge tragen, dass sie im richtigen Augenblick in die richtigen Hände gelangen."

„Es bleibt trotz allem ein Risiko", gab Narcissus zu bedenken. „Warum lässt du mich nicht fallen und nimmst den Schutz von Silanus an?"

„Um in Zukunft von seinem Wohlwollen abhängig zu sein? Niemals!"

Es war kein Zufall, dass Messalina sich im Haus ihrer Mutter aufhielt, als ein zwielichtiger Bursche eine Nachricht für Silanus überbrachte. Lepida nahm die Rolle in Empfang und ließ sie ungelesen auf dem Tisch liegen.

„Willst du sie nicht öffnen? Es könnte vielleicht etwas Wichtiges sein?", fragte Messalina.

„Nein, gewiss nicht", antwortete Lepida. „Außerdem mag Silanus es nicht, wenn ich mich in seine Angelegenheiten einmische." Nachdenklich fügte sie hinzu: „In letzter Zeit kommen häufig Briefe und Nachrichten für ihn."

„Was für Nachrichten denn?", fragte Messalina neugierig.

Lepida hob bedauernd die Schultern.

„Ich weiß es nicht, und Silanus will nicht, dass ich mich darum kümmere."

„Das täte ich an deiner Stelle aber sehr wohl", warnte Messalina die Mutter heuchlerisch. „Mir sind Gerüchte zu Ohren gekommen, dass dein Mann sich mit Leuten eingelassen hat, die dem

Kaiser nicht freundlich gesonnen sind. Im Interesse deines Mannes solltest du dich ein wenig mehr darum kümmern, was er tut. Ich möchte nicht, dass Silanus zu Schaden kommt. Die Leute, mit denen er sich da abgibt, sind gefährlich für ihn."

Die Worte ihrer Tochter beunruhigten Domitia Lepida nun doch ein wenig. Auch ihr war das Verhalten ihres Mannes in den letzten Wochen äußerst merkwürdig vorgekommen. Was waren das für Leute, mit denen er sich umgab? Und hatte er nicht gestern erst die sonderbare Bemerkung fallen gelassen, er werde am Hof schon noch Ordnung schaffen? Plötzlich sah Lepida diese Äußerung in einem ganz anderen Licht. Nachdem Messalina gegangen war, konnte sie aus Sorge um das Wohl ihres Mannes schließlich nicht mehr widerstehen. Zögernd öffnete sie den Brief und begann zu lesen:

Mein lieber Gaius Appius Junius Silanus,

es ist so weit. Bei der nächsten Senatssitzung wird der Kaiser sterben. Catonius Justus und Gnäus Pompeius Magnus sind bereit, diese Aufgabe für das Wohl der Allgemeinheit zu übernehmen. Trage du nach dem Tod des Kaisers dafür Sorge, dass auch die Kaiserin und ihr Sohn nicht am Leben bleiben. Nur so ist sichergestellt, dass der neue Kaiser Gaius Appius Junius Silanus heißt. Als Ehemann der Domitia Lepida wird dir niemand deine Rechte auf den Thron streitig machen können. Als erste kaiserliche Amtshandlung lasse Narcissus, Pallas und

104

Callistus verhaften und als Staatsfeinde aburteilen. Entsprechende Papiere für eine Anklage habe ich dir schon früher zukommen lassen.

Auf ein gutes Gelingen.

Es lebe Rom!

Valerius Asiaticus

Lepida zitterte am ganzen Körper vor Angst und Schreck. All das konnte doch nicht wahr sein. Wieder und wieder las sie den Brief, lief unruhig im Zimmer auf und ab, nicht wissend, was sie nun tun sollte. Weinend verfluchte sie die Tatsache, den Brief geöffnet und sich so zur Mitwisserin gemacht zu haben. Mit grauenhafter Unerbittlichkeit wurde Lepida schließlich bewusst, dass sie eine Entscheidung treffen musste. Sollte sie ihre Tochter und ihren Enkel sterben lassen? Oder sollte sie Silanus, den Mann, den sie zu lieben geglaubt hatte, opfern, um den Kaiser zu retten? Es dauerte einige Zeit, bis Lepida sich zu einem Entschluss durchgerungen hatte. Doch letztendlich erkannte sie mit trauriger Gewissheit, dass es für sie nur einen Weg geben konnte. Sie musste zum Kaiser gehen und ihn warnen, jetzt, sofort. Es galt, ihr Fleisch und Blut zu schützen. Noch immer fassungslos fragte sie sich, wie Silanus ihr das nur hatte antun können. Hatte er sie nur geheiratet, um Kaiser zu werden? Wenn dem so war, hatte er den Tod verdient.

Die Verhaftung von Gaius Appius Junius Silanus, Catonius Justus, Gnäus Pompeius Magnus und Valerius Asiaticus löste in Rom eine Welle der Entrüstung aus. Niemand wollte recht an die Schuld dieser ehrenwerten Männer glauben. Der einzige Beweis gegen sie schien ein Brief zu sein, der durchaus eine Fälschung sein konnte. Doch der Kaiser glaubte fest an die Schuld der Angeklagten, wurde sein Verdacht von Lepidas Aussage, ihr Mann habe sich seit einiger Zeit mit dunklen zwielichtigen Gestalten abgegeben, bestärkt. Die Anschuldigungen des Silanus, er sei einem Komplott der Kaiserin und deren Helfer zum Opfer gefallen, der Brief sei eine Fälschung, schenkte Claudius keine Beachtung. Schweren Herzens ließ er die vier zum Wohle des Staats aburteilen und hinrichten

Triumphierend feierte Messalina den Sieg über ihre Feinde in ihren Gemächern mit einem ausgelassenen Gelage. Ihr Widersacher Silanus war tot, ihre Mutter eine gebrochene Frau, die Schwätzer Catonius Justus und Gnäus Pompeius Magnus, die es gewagt hatten, öffentlich ihre Stimme gegen die Kaiserin zu erheben, hingerichtet und Valerius Asiaticus, der Besitzer der Lucullischen Gärten, die Messalina schon lange für sich gewollt hatte, um sich dort ein privates Lusthaus zu errichten, aus dem Weg geräumt. Nichts ließ Messalina jetzt noch daran zweifeln, dass ihre Macht unbegrenzt war und sie sich somit alles herausnehmen konnte, was ihr in den Sinn kam.

106

Doch Rom vergaß die Hinrichtung ihrer vier Bürger nicht so schnell, wie die Kaiserin es gehofft hatte. Der Senator Annius Vinicianus, der ein enger Freund des Silanus gewesen war, behielt die Gräueltat des Kaisers im Gedächtnis. Da er von Rom aus jedoch keine Möglichkeit sah, gegen den von den Prätorianern bestens geschützten Kaiser vorzugehen, wandte er sich in einem Brief an seinen alten Freund, den römischen Statthalter Camillus in Dalmatien. Dieser, von Natur aus ein ehrgeiziger Mann, versprach Vinicianus, mit seinem Heer gegen Rom zu marschieren, um die Stadt zu übernehmen. Was er für die erfolgreiche Durchführung eines solchen Unternehmens jedoch dringend brauchte, war Geld. Vinicianus erklärte sich dazu bereit, es ihm zu beschaffen. Doch das war bei den in Rom herrschenden Verhältnissen nicht einfach. Den Helfern des Finanzministers Pallas entging keine größere Geldtransaktion, und so dauerte es geraume Zeit, bis Vinicianus das Geld aufbringen und nach Dalmatien transportieren konnte.

In Anbetracht der Geldmittel, die ihm nun zur Verfügung standen, fühlte Camillus sich bereits als Sieger im Kampf gegen den Kaiser. Und so beging er in seinem Übermut eine Unvorsichtigkeit, die ihm zum Verhängnis werden sollte. In einem Brief an den Kaiser kündigte er sein Vorhaben, mit seinen Truppen gegen Rom zu marschieren, an.

Claudius, sich der drohenden Gefahr bewusst, griff zu dem einzigen Mittel, das er sah. In einer langen Rede vor dem Senat rechtfertigte er seine Handlungsweise als Kaiser, bezichtigte Camillus des Verrats am Imperium und bat um die Hilfe der Senatoren. Beeindruckt von der Offenheit des Kaisers stellte der Senat sich geschlossen hinter Claudius. Damit waren die Aussichten des Camillus, den Aufstand gegen den Kaiser erfolgreich durchzuführen, zunichte gemacht. Von seinen eigenen Soldaten, die keine Lust verspürten, sich von ihrem Feldherrn in ein Abenteuer mit ungewissem Ausgang führen zu lassen, ermordeten sie Callistus.

Narcissus jedoch nahm den im Keim erstickten Aufstand gegen den Kaiser zum Anlass, in Rom eine Säuberungswelle ungeahnten Ausmaßes durchzuführen. Wer auch nur im Verdacht stand, gegen den Kaiser und sein Kabinett zu sein, verlor zumindest seinen Besitz und sein Vermögen, viele sogar ihr Leben. Die Kaiserin und ihre Helfer dagegen hatten den Gipfel der Macht erreicht. Fortan wagte niemand mehr, gegen die Herrschaft der Vier das Wort zu erheben.

6.

In den zu Gunsten der Kaiserin beschlagnahmten Lucullischen Gärten ließ Messalina das Haus des Valerius Asiaticus zu einer prachtvollen Villa umbauen, in die sie sich zurückziehen konnte, wann immer sie sich ganz ungestört ihren Ausschweifungen hingeben wollte. Die dort veranstalteten Feste der Kaiserin waren bald stadtbekannt, und viele der römischen Adligen rissen sich um die Ehre, einmal dort Gast sein zu dürfen. Doch nur einige, wenige konnten sich dieser Gunst wirklich rühmen. Zu ihnen gehörte der beim Volk beliebte Schauspieler und Tänzer Mnester, dessen Person Messalina plötzlich mit anderen Augen zu sehen begann. Der kraftstrotzenden Körper der Gladiatoren überdrüssig, schien ihr der schlanke, geschmeidige Körper des jungen Griechen eine willkommene Abwechslung zu bieten.

Doch obwohl Messalina offen und unverhohlen ihre Gefühle zeigte, blieb Mnester zwar höflich, doch abweisend. Wie froh war er gewesen, die ihm von Caligula aufgezwungene Liebschaft heil überstanden zu haben. Was er sich nun vom Leben wünschte, war nichts weiter, als in der Zukunft ganz für seine Kunst da sein zu können. Doch dies schien ihm angesichts Messalinas drängendem Werben immer unmöglicher zu werden. Wie konnte er vor der Kaiserin nur Ruhe finden, ohne deren Zorn auf sich zu ziehen? Dass es gefährlich war, sich den Wünschen Messalinas zu widersetzen, wusste er. Es gab genügend Beispiele, die dies eindeutig belegten. Und doch wollte Mnester nicht ein zweites Mal mitmachen, was er bei Caligula erlebt hatte. In der ihm immer auswegloser erscheinenden Situation wandte er sich schließlich an Narcissus.

„Als alten Freund bitte ich dich um Rat. Sag mir, was ich tun soll. Lange werde ich mich nicht mehr zurückziehen können, ohne mir ihre Feindschaft zuzuziehen."

„Ergib dich in das Unvermeidbare. Das ist der einzige Rat, den ich dir als Freund geben kann. Jeder andere Rat wäre gefährlich."

„Aber ich kann und will mich nicht der Willkür beugen. Die Zeit mit Caligula hat mich meine ganze Selbstachtung gekostet. Es hat Jahre gedauert, bis ich mir wieder in die Augen sehen konnte. Und nun soll das Ganze noch einmal von vorn losgehen? Hilf mir, Narcissus, ich bitte dich. Du hast Einfluss auf die Kaiserin. Versuch es doch wenigstens, sie auf einen anderen Geschmack zu bringen."

„Da erwartest du zu viel, Mnester. In geschäftlicher und politischer Hinsicht hört Messalina vielleicht auf mich. Doch was ihre amourösen Abenteuer betrifft, da lässt sie sich von niemandem raten. In dieser Hinsicht ist sie wie ein kleines Kind. Sie muss haben, was sie sieht. Darum rate ich dir noch einmal, beuge dich ihrem Willen. Bevor du dich endgültig entscheidest, bedenke auch Folgendes. Der Kaiser wird schon bald zu einem Feldzug nach Britannien aufbrechen. Auch wenn er dich sehr schätzt, wird er dich also nicht schützen können, wenn Messalinas Zorn über dich hereinbricht."

Resignierend verabschiedete Mnester sich von Narcissus. Natürlich hatte dieser mit seiner Warnung recht. Und doch konnte Mnester sich noch immer nicht dazu durchringen, sich Messalinas Willen zu unterwerfen.

Als er bei seinem Haus angekommen, einen von der Kaiserin gesandten Sklaven vorfand, der eine Einladung Messalinas zum Abendessen überbrachte, schützte er Unwohlsein vor und ließ sich entschuldigen. Doch dass die Flucht in Krankheit auf Dauer keine Lösung sein konnte, dessen war Mnester sich nur zu bewusst.

Messalina bebte vor Zorn, als ihr Sklave ihr die erneute Absage Mnesters überbrachte. Warum wich er ihr aus, ließ sich sogar bei ihr verleumden? War sie ihm nicht schön, nicht begehrenswert genug? Nun, es gab gewiss schönere Frauen als sie. Das wusste auch Messalina. Aber wurden ihre äußeren Mängel nicht bei weitem durch ihre Fähigkeiten im Bett ausgeglichen? Warum wollte Mnester ihr nicht die Möglichkeit geben, dies zu beweisen? Für einen Augenblick war Messalina versucht, Mnesters Vernichtung zu beschließen. Doch sogleich besann sie sich eines Besseren. Nein, dieses Mal würde sie nicht aufgeben. Sie würde sich diesen Schauspieler schon noch gefügig machen.

Gleich am nächsten Morgen befahl Messalina ihre Sänftenträger zu sich, um sich zum Haus des Schauspielers bringen zu lassen. Dort traf sie den völlig überraschten Mnester beim Frühstück an.

„Ich habe mir ernstlich Sorgen um dich gemacht. Nur deshalb kam ich vorbei. Doch wie mir nun scheint, geht es dir nicht so schlecht, wie ich befürchtete. Selbst Appetit scheinst du wieder zu haben. Ich will doch nicht hoffen, dass es meine Einladung war, die bei dir Übelkeit hervorgerufen hat."

Zwischen Verärgerung und Schreck hin – und hergerissen, starrte Mnester die Kaiserin an. Was mochte in dieser Frau nur vor sich gehen? Eine Kaiserin, die nicht einmal davor zurückschreckte, einem unwilligen Liebhaber nachzuspionieren, hatte es in Rom noch nie gegeben. Wenn Messalina dazu fähig war, sich eine solche Blöße zu geben, wozu mochte sie dann noch in der Lage sein? Mnester graute davor, über diese Frage weiter nachzudenken.

„Ich habe es wirklich zutiefst bedauert, deiner Einladung nicht Folge leisten zu können", versicherte er schließlich, den in ihm aufsteigenden Ekel vor Messalina hinunterschluckend.

„Nun, dann darf ich wohl damit rechnen, dass du mich heute Abend für die vergangene Nacht entschädigst?"

„Es wird mir eine Ehre sein", gab Mnester kleinlaut zurück, sich der Tatsache bewusst werdend, dass er diese Einladung Messalinas unmöglich ablehnen konnte, wollte er sich nicht um Kopf und Kragen bringen.

Messalina empfing ihren Gast in ihrem privaten Triclinium, wo sie von ihren Dienerinnen ein Mahl für zwei Personen hatte vorbereiten lassen. Dass dem Schauspieler die vertraute Atmosphäre, die

die Kaiserin während des Essens aufkommen ließ, nicht sonderlich angenehm war, störte Messalina nicht im Geringsten. Sie war fest dazu entschlossen, Mnester nicht wieder aus ihren Fängen entkommen zu lassen, ihn ungeachtet seines Widerstands in ihr Bett zu locken. Um dieses Ziel zu erreichen, war ihr jedes Mittel recht.

Zum Essen ließ sie den schweren Chioswein servieren, der schon oft die letzten Bedenken eines Liebhabers der Kaiserin zerstreut hatte. Doch bei Mnester schien der Wein seine Wirkung zu verfehlen. Er trank nur wenig und achtete auf jedes Wort, um sich nicht durch eine unbedachte Äußerung im Netz Messalinas zu verfangen. Verärgert musste die Kaiserin sich schließlich eingestehen, dass sie auf diese Weise ihr Ziel niemals erreichen würde. So entschloss sie sich letztendlich dazu, einen direkten Angriff zu wagen.

„Weißt du eigentlich, wie einsam und allein deine Kaiserin ist? Claudius hat, seit er Kaiser ist, so gut wie keine Zeit mehr für mich. Tagsüber nimmt ihn sein Amt in Anspruch, nachts zieht er die billigen Huren des Lupanars und der Vorstadt meiner Gesellschaft vor. Vielleicht verstehst du nun, warum ich mich nach ein bisschen Unterhaltung und Abwechslung sehne. Und gerade ein Mann von deinem Geist und deiner Bildung kann in meinen grauen Alltag ein wenig Farbe bringen. Missgönnst du mir diese kleine Freude denn tatsächlich?"

„Gewiss nicht, meine Kaiserin", gab Mnester vorsichtig zurück.

„Nun", fuhr Messalina unbeirrt fort, „dann verstehst du auch sicher, dass eine Frau in meinem Alter nicht dafür geschaffen ist, ohne die liebende Umarmung eines Mannes zu existieren. Steht mir nicht das gleiche Recht zu, das Claudius täglich für sich in Anspruch nimmt?"

Mnester spürte deutlich, wie Messalina ihn in die Enge zu treiben versuchte.

„Darüber steht mir wohl kaum ein Urteil zu", versuchte er sich herauszureden.

„Das vielleicht nicht", erwiderte Messalina freundlich. „Wie sollte ein Außenstehender auch beurteilen können., wie unendlich einsam eine Kaiserin sein kann. Sage mir nur eins. Könntest du mich lieben, wenn ich nicht deine Kaiserin wäre? Würdest du dich mir gegenüber anders verhalten, wenn du nicht Angst haben müsstest, den Kaiser durch dein Verhalten zu verärgern?"

„Aber du bist die Kaiserin, und etwas anderes kann ich in dir nicht sehen", antwortete Mnester fest.

„Das ist keine Antwort auf meine Frage", beharrte Messalina.

„Nun gut", antwortete Mnester, in der Hoffnung, das Thema damit endlich beenden zu können. „Wenn du nicht die Kaiserin wärst, wüsste ich keinen Grund, dich nicht zu lieben. Du bist eine schöne und begehrenswerte Frau."

„Also", flüsterte Messalina süß, „dann lass uns für heute Nacht einfach vergessen, dass ich die Kaiserin bin. Ich will eine Nacht lang nur Messalina sein, nicht mehr. Komm!"

Lockend wand Messalina ihren Körper auf der Kline, streckte dem entsetzten Mnester die Arme entgegen.

Schockiert sprang der junge Grieche auf.

„Verzeih, Messalina, aber ich glaube, es ist besser, wenn ich jetzt gehe. Ich schätze und achte Claudius zu sehr, um ihn auf diese Art und Weise zu entehren."

Ohne eine Erwiderung der Kaiserin abzuwarten, stürzte Mnester aus dem Haus, als jagten ihn die Furien. Zurück blieb eine in ihrer Eitelkeit und ihrem Stolz tief verletzte Kaiserin.

Zornig schmetterte sie ihren schweren Weinpokal gegen die Wand. Der rote Wein rann an der Wand entlang und zerstörte das feingemalte Fries, das das Zimmer zierte. Doch das kümmerte Messalina wenig.

„Und wenn du dich noch so wehrst, du wirst mir gehören", zischte sie wütend. Dann beauftragte sie eine ihrer Sklavinnen, Decrius Calpurnianus, den Leiter der kaiserlichen Feuerwehr, zu ihr zu schicken. Was sie jetzt brauchte, war ein Mann, der ihre Fähigkeiten zu schätzen wusste, einen Mann, der in ihr die lebende Verkörperung der Libitina, der Göttin der Lust, erkannt hatte.

Messalina musste nicht lange auf eine Gelegenheit warten, um Claudius in einer verfänglichen Situation anzutreffen. Eines Abends stürmte sie in sein Schlafgemach, die sie am Eintritt hindern wollenden wachhabenden Prätorianer einfach beiseiteschiebend. Sie fand Claudius in den Armen von zwei prallen, derben Dirnen aus dem Lupanar vor. Mit Genugtuung registrierte sie den erschrockenen Blick des Kaisers, als er Messalina vor seinem Bett stehen sah. Doch noch bevor der Kaiser den Mund zu einer Rechtfertigung hatte öffnen können, war die Kaiserin wortlos aus dem Schlafgemach gewichen, Claudius mit seinen beiden Dirnen und einem schlechten Gewissen zurücklassend.

Schon am nächsten Morgen suchte Claudius Messalina reumütig auf.

„Wenn ich gewusst hätte, dass du kommst...", stotterte er verlegen vor sich hin.

Messalina lächelte ihn verzeihend an.

„Aber ich bitte dich, Claudius. Die Angelegenheit ist nicht der Rede wert. Ich verstehe durchaus, dass ein Mann gelegentlich seine Abwechslung braucht. Hätte ich geahnt, dass du nicht allein bist, ich wäre nicht gekommen. Verzeih mir diese Dummheit."

Erleichtert atmete Claudius auf, hatte er sich innerlich doch bereits auf eine Auseinandersetzung mit Messalina wegen seines Fehltritts vorbereitet.

„Deine Großzügigkeit beschämt mich doppelt. Ich verspreche dir, dass es..."

„Versprich nicht, was du doch nicht halten kannst", wehrte Messalina ab. „Ich sagte dir schon, es stört mich nicht. Es war nur die Einsamkeit, die mich letzte Nacht in dein Cubiculum trieb. Der Gedanke, dass du lange Zeit nicht mehr in Rom sein wirst, hat mich wahrscheinlich zu dieser

116

Dummheit verleitet. Es wird gewiss nicht wieder geschehen."

„Aber Messalina. Sag so etwas nicht. Du bist und bleibst für mich die begehrenswerteste Frau von ganz Rom. Ich ziehe deine Gesellschaft jeder anderen vor."

„Es ist lieb, dass du das sagst, um mich zu trösten."

„Aber ich meine es ehrlich."

„Nun, das freut mich umso mehr, da nicht jeder, so wie du, meine Gesellschaft als angenehm empfindet", entgegnete Messalina bitter.

Ratlos schaute Claudius seine junge Frau an.

„Aber Messalina", meinte er schließlich schmeichelnd. „Ich wüsste keinen Mann in Rom, der nicht liebend gerne seiner Kaiserin zu Füßen läge."

„Ich schon", antwortete Messalina zerknirscht.

„Dann nenne mir seinen Namen, und ich werde ihn zurechtweisen", antwortete Claudius energisch.

„Nein, Claudius, vergiss es. Ich möchte nicht, dass du einen deiner Untertanen tadelst, nur weil diesen die Gesellschaft der Kaiserin langweilt."

Doch Claudius, der sich durch das Vorkommnis der letzten Nacht verpflichtet fühlte, beharrte auf einer Antwort, glaubte er doch, auf diese Weise sein eigenes Gewissen zu beruhigen. Und schließlich, nach langem Zögern, gab Messalina den Namen preis.

„Es ist Mnester", gestand sie endlich. „Aber bitte, Claudius, mach ihm deswegen keine Vorwürfe. Er ist eben ein Künstler. Die

Schauspielerei geht ihm über alles, auch darüber, seine einsame Kaiserin ein paar Stunden zu unterhalten."

„Mnester also", antwortete Claudius überrascht. Er nahm sich vor, mit dem Schauspieler über die Angelegenheit noch vor seinem Aufbruch nach Britannien zu reden.

Messalina, die sicher war, bei Claudius ihr Ziel erreicht zu haben, schloss ihren Gatten zärtlich in die Arme.

„Was kümmert mich Mnester", flüsterte sie schmeichelnd. „Was zählt er gegen die Gunst des Kaisers? Nichts. Wir sollten wieder viel öfter zusammen sein, so wie früher. Es ist nicht gut, wenn Kaiser und Kaiserin kaum noch das Bett miteinander teilen."

Von Messalinas Locken entzückt, überließ Claudius sich ganz der Leidenschaft, die der drängende Körper der Kaiserin in ihm hervorrief.

Drei Tage vor seinem Aufbruch nach Britannien löste Claudius sein Messalina gegebenes Wort ein. Nach einer Theateraufführung ließ er Mnester zu sich in die kaiserliche Loge kommen.

„Als Schauspieler und Tänzer bist du wirklich ein Meister, Mnester. Ganz ohne Frage gebührt dir für deine Kunst Lob. Doch als Mann verhältst du dich weniger lobenswert. Wie ich höre, hat die Kaiserin allen Grund, mit deinem Benehmen unzufrieden zu sein. Du solltest dich Messalinas Wünschen gegenüber zugänglicher erweisen, wenn du nicht meinen Zorn auf dich ziehen willst."

Fassungslos starrte Mnester den Kaiser einen Augenblick lang an. Wusste Claudius überhaupt, was er da von ihm forderte? Doch das ernste Gesicht des Kaisers beseitigte schließlich jeden Zweifel. Der Kaiser wusste nur zu genau, was er verlangte. Höflich verneigte der junge Grieche sich vor dem Prinzeps.

„Die Kaiserin wird in Zukunft gewiss keinen Grund mehr haben, sich über mich beklagen zu müssen."

Der nächsten Einladung Messalinas leistete Mnester ergeben Folge, wusste er doch, dass nach Claudius' ausdrücklichem Befehl eine weitere Weigerung seinem Todesurteil gleich kam.

7.

Ein halbes Jahr nur dauerte Claudius' Feldzug gegen Britannien. Als glorreicher Feldherr und Bezwinger Britanniens kehrte er nach Rom zurück. Im Triumphzug, begleitet vom Jubelgeschrei der Massen, zog er in die Stadt ein.

Messalina empfing ihren Gatten mit offenen Armen, folgte ihm doch die uneingeschränkte Sympathie des Volks. Die Römer liebten ihren merkwürdigen Kaiser. Und Messalina sonnte sich in Claudius' neuerworbenen Ruhm, hatte sie es doch vor allem seiner Beliebtheit zu verdanken, dass noch immer viele Römer über die leichtfertige Lebensweise der Kaiserin hinwegsahen.

Messalina hatte während Claudius' Abwesenheit ihre Freiheit in vollen Zügen genossen. Nicht nur Mnester hatte zu den ständigen Besuchern der Kaiserin gezählt, sondern auch so bedeutende Persönlichkeiten wie der Senator Juncus Vergilianus, Vettius Valens, Pomponius Urbicus und Sanfeius Torgus. Selbst eine so zwielichtige Gestalt wie der in ganz Rom verrufene Homosexuelle Cäsonius war ständiger Gast bei Messalinas immer ausschweifenderen, zügelloseren Festen gewesen.

Von all dem hatte der Kaiser nicht die geringste Ahnung. Und Narcissus, Pallas sowie Callistus dachten nicht daran, Claudius über den immer wilder werdenden Lebenswandel der Kaiserin aufzuklären, war Messalina doch nach wie vor eine nützliche, zuverlässige Verbündete. Allein Polybius, dem freigelassenen Berater des Kaisers, erschienen die Machenschaften Messalinas nicht länger tragbar. Doch ohne Narcissus Unterstützung wagte er es nicht, Claudius die Wahrheit über die Kaiserin zu hinterbringen. So schwieg auch er in der Hoffnung, den Kabinettsekretär doch noch irgendwann von der Richtigkeit seiner Meinung zu überzeugen.

Um den Sieg über die Briten würdig zu feiern, veranstaltete Claudius eines der größten Spektakel, die Rom je gesehen hatte. Auf dem Marsfeld ließ er für alle zuhause gebliebenen Römer die Schlacht gegen die Briten nachstellen, ein Schauspiel, das bei der Menge großen Anklang fand. Das Blut der Barbaren floss in wilden Strömen. Als theaterbegeisterter Kaiser wusste Claudius natürlich, was das Publikum wünschte. Deshalb nahm das Volk ihm auch ein wenig übel, dass Claudius den Britenkönig Caractacus wider römischen Gepflogenheiten begnadigte.

Auch Messalina war von der Aufführung begeistert. Doch weit mehr als das Blutvergießen interessierte die Kaiserin das Geschehen um das Spektakel herum. Die aus der Umgebung kommenden kräftigen jungen Burschen und Handwerker, die zwischen den einzelnen Auftritten ihr Vergnügen bei den überall auf Kundschaft wartenden käuflichen Damen suchten, erregten Messalinas Aufmerksamkeit besonders. Eine Idee begann in der Kaiserin zu keimen. Warum sollte nicht auch sie sich ihr Vergnügen auf der Straße suchen und sich obendrein auch noch von ihren Freiern für ihre Gunst bezahlen lassen? Die Orgien im eigenen Haus waren Messalina mehr als nur langweilig geworden. Wie viele verwöhnte, unausgelastete Frauen ihrer Zeit sehnte Messalina sich nach Abwechslung. Doch konnte eine Kaiserin es wirklich wagen, sich wie eine Dirne auf die Straße zu begeben? Der verwegene Gedanke faszinierte und erschreckte Messalina gleichermaßen.

Eines Abends brachte sie schließlich tatsächlich den Mut auf. In ein einfaches, schlichtes Gewand gekleidet, das lange volle Haar rot gefärbt, ließ sie sich von ihren Sänftenträgern zur Mulvischen Brücke bringen. Unter dem Namen Lycisca nahm sie dort den ihr am stattlichsten erscheinenden Fremden mit sich in eines der billigen Bordellzimmer, die rings um den Zirkus Maximus angeboten wurden.

Da Messalina an diesem ersten Abenteuer großen Spaß fand, wurden ihre Ausflüge zu den Prostituierten der Stadt bald zu einer festen Einrichtung. Das jedoch konnte auf Dauer kein Geheimnis bleiben, auch wenn Messalina jedes Mal äußerste Diskretion walten ließ. Eine Kaiserin, die sich wie eine gemeine Dirne verkaufte, erschien vielen Römern als untragbar. Der durch Messalinas Verhalten ausgelöste Verfall von Sitte und Moral am Kaiserhof war einfach nicht mehr zu übersehen.

Auch Narcissus konnte an dieser Tatsache nicht länger vorbeisehen. Vorsichtig versuchte er, Messalina zu Mäßigung zu veranlassen. Doch die Kaiserin lachte ihn nur aus.

„Was soll das, Narcissus?", fragte sie amüsiert. „Seit wann bist du ein Verfechter von Anstand und Moral? Wie ich höre, beläuft sich dein Vermögen mittlerweile auf mehr als 400.000.000 Sesterzen. Glaubst du, man kann so viel Geld durch Sitte und Moral verdienen? Das würde nicht einmal mein einfältiger Mann glauben."

Narcissus verstand die versteckte Warnung Messalinas nur zu genau. Und zum ersten Mal seit er sich mit der Kaiserin zusammengetan hatte, wurde ihm bewusst, dass irgendwann der Tag kommen würde, an dem er Messalina den Rücken kehren musste. Doch noch war es nicht so weit. Noch wollte er sich schützend vor die Kaiserin stellen.

„Wenn du dich schon nicht mäßigen willst, dann lass dich wenigstens von mir warnen. Polybius wird allmählich gefährlich. Immer häufiger liegt er mir damit in den Ohren, dass es meine Pflicht sei, den Kaiser von dem zu unterrichten, was seine Gemahlin unternimmt. Noch wagt er es nicht, ohne meine Unterstützung und Zustimmung zum Kaiser zu gehen. Doch ob er noch lange schweigen wird, kann ich nicht garantieren."

Messalinas Lachen erstarrte.

„Dann muss er vorher zum Schweigen gebracht werden", stellte sie kalt fest.

„Ja", sagte Narcissus gedehnt. „Aber das, meine Kaiserin, ist diesmal ganz allein dein Problem."

„Was soll das heißen?", fragte Messalina empört. „Willst du mich im Stich lassen?"

„Nein", antwortete Narcissus. „Ich lasse dich nicht im Stich. Aber Polybius ist mein Freund. Ich werde nichts gegen ihn unternehmen. Das musst du schon allein erledigen."

Höflich verneigte Narcissus sich vor der verblüfften Kaiserin und ließ sie mit ihrem Problem zurück.

Einige Tage nach dieser Unterredung machte Messalina sich bei Einbruch der Dunkelheit, nur begleitet von ihrer Sklavin Lydia, auf den Weg in die Subura, das berühmte, berüchtigte Geschäftsviertel der Stadt. Vom Palatin über das Forum gehend, gelangten die beiden Frauen schließlich in die engen, winkligen Straßen der Subura, in der sich eine in die Höhe ragende Insula an die nächste reihte. Die zwielichtigen Gestalten, die sich hier in den Häuserwinkeln herumdrückten, flößten Lydia Furcht ein. Doch Messalina lachte nur über das ängstliche Gebaren ihrer Sklavin.

„Ich glaube nicht, dass mir hier etwas geschehen könnte, was ich nicht schon in allen Formen und Variationen kenne", scherzte sie heiter.

Doch selbst Messalinas Unerschrockenheit konnte Lydia nicht beruhigen. Für sie schienen die schmalen, unüberschaubaren Gassen kein Ende zu nehmen.

Schließlich gelangten sie am Ende der Subura zu einem schäbigen, halb verfallenen Gebäude, vor dem Messalina stehen blieb. Die hier lebende Locusta war in Rom ein Geheimtipp für alle, die einen unliebsamen Menschen loswerden wollten. Die Gifte der aus Germanien stammenden Locusta verfehlten selten ihre Wirkung.

Gefolgt von der zögernden Lydia trat Messalina in die Hütte. Neugierig wanderte der Blick der Kaiserin über die an den Wänden stehenden Krüge und Töpfe, die mit vielfarbigen Gebräuen unbekannter Art gefüllt waren. In einem Gefäß entdeckte Messalina tote Skorpione, in einem anderen lebende Giftschlangen. Die seltsame Atmosphäre, die in dem kleinen, schmutzigen Raum herrschte, faszinierte die Kaiserin. In Messalina kam plötzlich der Wunsch auf, mehr über die Kunst der Giftmischerei zu erfahren. Doch dann erinnerte sie sich daran, dass sie eigentlich nicht aus Neugier, sondern aus einem bestimmten Grund hierhergekommen war. Sie hatte ein Problem, das schnell gelöst werden musste.

Die große, hünenhafte Germanin, die Messalina misstrauisch prüfend beobachtet hatte, trat der Kaiserin schließlich entgegen.

„Was führt eine Frau der besseren Gesellschaft zu dieser Stunde in meine armselige Hütte?"

Auch wenn Messalina ein einfaches Gewand angelegt hatte, so war dem prüfenden Blick Locustas nicht entgangen, dass Messalina Hände hatte, die noch nie im Leben etwas gearbeitet hatten. Und auch der prall gefüllte Geldbeutel, der sich unter dem Mantel der Kaiserin verbarg, konnte Locusta den Umrissen nach gut erkennen.

„Es gibt nicht viele Möglichkeiten, die eine Frau wie mich zu dir führen könnte", entgegnete Messalina gelassen.

„Nein", gab die Germanin zurück. „Eigentlich nur zwei Sachen. Entweder wünschst du einen kleinen Eingriff, der den ungebetenen Gast aus dem Körper treibt, oder aber du benötigst eine Medizin, die deinem leidenden Mann Hilfe bringt."

„Letzteres erwarte ich von dir", gab die Kaiserin unumwunden zurück.

„Und wie soll das Mittel wirken? Soll es ein langsames oder schnellwirkendes Mittel sein, das du erwerben möchtest?"

„Schnell soll es wirken, sehr schnell und sicher." Locusta lächelte wissend.

„Da gibt es viele Möglichkeiten. Die Güte hängt vom Preis ab, den du bereit bist zu zahlen."

„Dafür", antwortete Messalina, während sie den gefüllten Beutel unter ihrem Mantel hervorzog. „kann ich wohl die beste Medizin erwarten?"

Locustas gieriger Blick taxierte den Beutel einen Augenblick lang, dann griff sie entschlossen hinter sich und nahm ein kleines Tonfläschchen in die Hand.

„Das ist das Beste, was ich bieten kann", meinte sie vielsagend. „Ein Tropfen davon genügt, um einen Ochsen zu töten. Es wirkt auf der Stelle."

Messalina nickte zufrieden, während sie rasch nach der Flasche griff und unter ihrem Umhang verschwinden ließ. Wenige Augenblicke später befanden sich die beiden Frauen wieder auf der Straße. Auf dem Rückweg zum Palatin suchte Messalina nach einem Vorwand, den ahnungslosen Polybius in ihre Gemächer zu locken, um ihm den letzten Trunk seines Lebens zu reichen.

Sich mehr als unbehaglich fühlend, betrat Polybius die Privatgemächer Messalinas. Was mochte die Kaiserin nur von ihm wollen? War es bereits bis zu ihr gedrungen, dass er ein empörter Gegner ihrer nächtlichen Ausschweifungen war? Wenn ja, dann konnte diese Unterredung für ihn äußerst gefährlich werden. Messalina war für ihre kaltblütige Rachsucht allgemein bekannt. Mit dem festen Vorsatz, sich in Acht zu nehmen, verneigte Polybius sich vor der Kaiserin.

„Du wünscht mich zu sprechen, meine Kaiserin?"

„Ja", antwortete Messalina entschlossen. „Mir ist zu Ohren gekommen, dass du mit meiner Lebensweise nicht einverstanden bist. Wenn dem so ist, warum kommst du dann nicht zuerst zu mir, bevor du dich über meinen Lebenswandel öffentlich beklagst? Was ist es eigentlich, das du mir vorwirfst?"

Verlegen trat Polybius von einem Fuß auf den anderen. Natürlich verurteilte er, wie viele andere auch, die Ausschweifungen, denen Messalina sich hingab. Doch hier vor ihr zu stehen und ihr die Vorwürfe direkt ins Gesicht zu schleudern, war nun doch etwas anderes.

„Ich verstehe nicht", stotterte er verlegen.

„Ach, du verstehst nicht", zischte Messalina zornig. „Es ist ja auch so viel einfacher, jemanden zu verleumden, wenn er sich nicht wehren kann, als ihm die Anschuldigungen direkt ins Gesicht zu sagen. Dabei könnte sich nämlich herausstellen, dass all die üblen Geschichten, die über die Kaiserin geredet werden, nichts als böse

Verleumdungen sind, die von den Feinden der Kaiserin in die Welt gesetzt werden, um sie zu Fall zu bringen. Dieser Gedanke ist dir wohl noch nicht gekommen?"

„Doch, natürlich", entgegnete Polybius, verzweifelt nach einem Ausweg aus dieser verfahrenen Situation suchend. „Gerade darum, dachte ich, sollte der Kaiser von diesen Verleumdungen erfahren. Er hat die Autorität, den Verleumdern den Mund zu verbieten."

Die Flucht nach vorn erschien Polybius als die einzige Chance, unbeschadet aus der Situation zu kommen.

„Der Kaiser sollte davon erfahren, meinst du? Vielleicht hast du damit sogar recht. Ich sollte dem Kaiser tatsächlich von diesem Gerede erzählen, das du über mich verbreitest. Doch glaube nicht, dass du dich dann noch länger seiner Gunst erfreuen dürftest."

Oder aber du nicht, dachte Polybius. Doch er schwieg, sagte keinen Ton.

„Ich meine es gut mit dir, Polybius. Nur deshalb mache ich mir die Mühe, mit dir zu reden. Halte deine Zunge in Zukunft in Zaum, sonst könnte es dir passieren, dass ich dafür sorge, dass du für immer zum Schweigen gebracht wirst. In meiner Stellung kann ich es mir nämlich nicht leisten, mir üble Dinge nachsagen zu lassen. Ich hoffe, wir haben uns verstanden."

„Ja, meine Kaiserin."

„Nun", meinte Messalina gönnerhaft, „dann lass uns nicht im Zorn auseinandergehen. Lydia, bring uns Wein, damit wir auf unsere Versöhnung trinken können."

Zögernd griff Polybius nach dem von der Sklavin gereichten Kelch. Die Tatsache, dass er leer war und der Wein erst von Lydia aus einer Karaffe ausgeschenkt wurde, aus der auch Messalina gereicht bekam, beruhigte ihn. Ergeben trank er der Kaiserin zu. Wenige Augenblicke später brach er vor Messalinas Augen tot zusammen.

„Du wirst dem Kaiser nun wirklich nichts mehr erzählen können. Dafür ist gesorgt." An Lydia gewandt fuhr sie fort: „Das hast du gut gemacht. Er hat nicht gesehen, dass das Gift bereits im Becher war. Es war stark genug, um in dieser kleinen Menge seine Wirkung zu tun. Erstaunlich. Lasse Sulpicius Rufus und Decrius Calpurnianus jetzt herein, damit sie die Leiche fortschaffen können."

An die beiden eintretenden Männer gewandt, sagte sie noch: „Und vergesst nicht, dass es wie ein Straßenmord aussehen soll. Stoßt ihm einen Dolch oder ein Schwert in den Rücken, bevor ihr ihn in den Tiber werft."

Dann zog Messalina sich zurück und überließ ihren Liebhabern den Rest der Arbeit.

Der Tod des Polybius löste beim Kaiser tiefe Bestürzung aus. Entsetzt von dem feigen Mord an seinem Berater rief er Narcissus zu sich und beauftragte ihn mit der Aufklärung des Verbrechens. Narcissus versicherte dem Kaiser, nichts unversucht zu lassen, den Fall aufzuklären und verschwand, genau wissend, dass dieser Fall niemals aufgeklärt werden würde. Bis auf den ahnungslosen Kaiser wusste jeder in Rom, wer die Schuld am Tod des Freigelassenen trug. Doch niemand wagte es, dies auszusprechen.

8.

In der Provinz Judäa brodelte es ständig, seit Kaiser Caligula den verhängnisvollen Befehl erteilt hatte, im Tempel von Jerusalem eine Reiterstatue von sich aufstellen zu lassen. Doch nicht nur die Juden in Judäa waren für Kaiser Claudius ein Grund immer wiederkehrenden Ärgers. Auch die in Rom angesiedelte jüdische Bevölkerung war bei der Masse nicht sonderlich beliebt. In der an Sitte und Moral ständig verlierenden römischen Gesellschaft stellte ihre Gruppe eine krasse Ausnahme dar. Unter sich bleibend, die römischen Götter leugnend und dem Kaiser das Opfer verweigernd, bildeten sie eine besondere Randgruppe im Völkergemisch der Stadt Rom. Schon aus diesem Grund wollte Kaiser Claudius, die den Juden einst von Kaiser Augustus zugesicherten Sonderrechte, nicht länger dulden. Seinem Rechtsempfinden nach durfte es in der römischen Gesellschaft keine Privilegien für bestimmte Bevölkerungsgruppen geben. Römisches Recht sollte für alle seine Gültigkeit haben.

Erschwerend kam zu dem Problem der Juden hinzu, dass sie untereinander uneinig zu sein schienen. Eine sich gebildete Sekte, die seit der Hinrichtung eines Zimmermanns aus Nazareth Christen genannt wurde, sorgte ständig für Unruhe. Die zwei sich gebildeten Parteien schienen sich untereinander zu bekämpfen. Doch eine solche Auseinandersetzung wollte Kaiser Claudius in seinem Reich nicht länger dulden. Und so erließ er, nicht zuletzt auf Anraten von Narcissus und Pallas, den Befehl, dass alle Juden Rom zu verlassen hätten. Was der gutgläubige Kaiser nicht ahnen konnte, war die Tatsache, dass Narcissus, Pallas und die Kaiserin sich durch diese Maßnahme erhebliche Profite versprachen. Der Handel mit Bürgerrechten florierte wie nie zuvor. Die reichen Juden zahlten jeden Preis, um in Rom bleiben zu können, während die weniger Begüterten ihr Hab und Gut zu Schleuderpreisen verkaufen mussten.

Dass dies der letzte gemeinsame Handel zwischen Messalina, Narcissus, Pallas und Callistus sein würde, ahnte zu diesem Zeitpunkt noch niemand, auch wenn sich zusehends eine Rivalität zwischen den beiden einflussreichsten Männern des Imperiums herauszukristallisieren begann.

In Pallas hatten sich schon seit längerem Neid und Missgunst breit gemacht, denn im Gegensatz zu Narcissus, dessen Vermögen sich auf 400.000.000 Sesterzen belief, besaß er nur ein Vermögen von 300.000.000 Sesterzen. Hinzu kam, dass die Kaiserin sich stets an Narcissus zu wenden pflegte, von seiner Person jedoch niemals besondere Notiz nahm. All das hatte in Pallas das Gefühl hervorgerufen, seinen Leistungen entsprechend nicht genügend gewürdigt zu werden. Und so wartete er still auf seine Möglichkeit, Narcissus seinen Rang streitig zu machen.

Dass diese Chance sich in Form einer Einladung des steinreichen Crispus Passienus bieten würde, ahnte Pallas nicht, als er das Haus des Gerichtsredners betrat.

Die meisten geladenen Gäste lagen bereits bei Tisch, als Pallas etwas verspätet eintraf. Agrippina, die Frau des Crispus Passienus, begrüßte den einst von Antonia freigelassenen Finanzminister des Kaisers mit ausgesuchter Höflichkeit. Noch während des Mahls wurde Pallas klar, dass er diese Einladung weniger Passienus als vielmehr dessen Gattin Agrippina zu verdanken hatte. Und natürlich begann er sofort zu ahnen, dass Agrippina ihn nicht ohne Grund zu sprechen wünschte. Doch was die Tochter des Germanicus und Nichte Kaiser Claudius wohl von ihm wollen könnte, darüber klärte ihn erst ein Gespräch auf, zu dem Agrippina Pallas nach dem gemeinsamen Mahl beiseite zog.

„Lass uns doch ein wenig gemeinsam im Viridarium Luft schöpfen", schlug sie vor, Pallas beim Arm fassend und mit sich fortziehend.

Um nicht unhöflich zu erscheinen, folgte Pallas seiner Gastgeberin in den aus achtzehn Marmorsäulen bestehenden, zum Garten hin ausgelegten Wandelgang. Während er sich neben Agrippina auf einer Marmorbank niederließ und den Blick über die den Garten zierenden Damaszenerpflanzen, Lorbeersträucher, Myrten, Pinien und Agaven schweifen ließ, schwor er sich, vorsichtig zu sein. Er wusste, dass Agrippina eine gefährliche Frau war und noch dazu eine erklärte Feindin der Kaiserin. Sich mit ihr einzulassen, hieß nichts anderes, als Messalinas Zorn auf sich zu ziehen. Und daran war Pallas ganz und gar nicht gelegen, bedeutete der Zorn der Kaiserin nichts anderes als den sicheren Tod. Polybius' Schicksal stand Pallas nur zu deutlich vor Augen.

„Ich habe dich heute zu uns eingeladen, weil ich mit dir reden möchte", begann Agrippina nach einiger Zeit das Schweigen zwischen ihnen zu brechen.

„Dann sprich. Ich höre", entgegnete Pallas absichtlich kühl.

„Du weißt so gut wie ich, dass ich allen Grund habe, um mein Leben zu fürchten", begann Agrippina. „Messalina hasst mich, und irgendwann wird sie versuchen, mich zu vernichten, so wie sie meine Schwester Julia bereits vernichtet hat. Doch es ist nicht mein Leben, um das ich fürchte. Es ist vor allem das Leben meines Sohns, um das ich von Tag zu Tag mehr bange. Messalina wünscht den Tod des kleinen Lucius."

„Wie kommst du zu dieser Annahme?", fragte Pallas ausweichend. „Ich sehe keinen Grund dafür, dass die Kaiserin in deinem Kind einen Feind sieht, den es zu vernichten gilt."

„Du sprichst nicht aufrichtig", entgegnete Agrippina ruhig. „Du weißt so gut wie ich, dass Lucius gleich nach Britannicus in der Thronfolge kommt. Dies ist für Messalina bereits genug Grund, meinem Sohn nach dem Leben zu trachten."

„Wenn du dir um die Sicherheit deines Sohns Sorgen machst, warum kommst du damit zu mir? Der Kaiser wäre in dieser Hinsicht ein viel besserer Gesprächspartner."

„Du weißt so gut wie ich, dass es fast unmöglich geworden ist, bis zu Claudius vorzudringen. Und selbst wenn es mir gelingen sollte, den Kaiser unter vier Augen zu sprechen, glaubst du denn wirklich, er würde mir mehr Glauben schenken als seiner Frau. Messalina beherrscht ihn auf eine unheilvolle Weise. Ich bin sicher, der gutmütige Claudius hat nicht die geringste Ahnung davon, was seine teure Messalina hinter seinem Rücken treibt. Und niemand wagt es, dem Kaiser die Augen zu öffnen, aus Angst davor, womöglich den Kopf zu verlieren."

„Du führst gefährliche Reden, Agrippina", mahnte Pallas. „Ich weiß nicht, ob ich mir das noch länger anhören sollte."

„Nun, dann hör dir die Wahrheit eben nicht länger an. Am besten läufst du gleich zur Kaiserin und erzählst ihr, was Agrippina ihr vorzuwerfen hat. Dann kannst du ihrer Gnade sicher sein, ebenso wie der Tatsache, dass schon morgen mein Kopf rollen wird", entgegnete Agrippina aufgebracht.

„Ich habe kein Interesse daran, deinen Kopf rollen zu sehen", erwiderte Pallas ruhig. „Ich bitte dich nur darum, nicht länger solche gefährlichen Reden zu führen. Die Spione der Kaiserin sind überall."

„Du meinst wohl eher, die Spione des Narcissus. Er ist es doch, der alles beherrscht. Und auch du lässt dir von ihm befehlen."

Mit Genugtuung nahm Agrippina wahr, wie sich die Augen des Pallas für einen Augenblick verfinsterten. Also stimmte es, was man sich hinter vorgehaltener Hand zuflüsterte. Zwischen Narcissus und Pallas stand es nicht mehr zum Besten. Tat sich hier nicht vielleicht die Lücke auf, auf die sie so lange gewartet hatte?

Für Agrippina gab es seit Jahren im Geheimen nur ein Ziel. Sie wollte Messalina stürzen, um deren Stelle einzunehmen und ihren Sohn Lucius zum Nachfolger von Kaiser Claudius zu machen. Dass dies nicht unmöglich war, daran glaubte Agrippina fest. Hatten die Auguren ihr nicht bei der Geburt des kleinen Lucius vorausgesagt, dass er einst Kaiser des Imperiums werden könnte? Doch sie hatten Agrippina auch gewarnt. Sollte ihr Sohn jemals Kaiser werden, würde sie dies mit ihrem Leben bezahlen müssen. Aber um Lucius zum Prinzeps zu machen, war Agrippina kein Opfer zu groß. Seit Jahren lebte sie in Zurückgezogenheit, beobachtete Messalinas Treiben und hoffte auf ihre Stunde.

Doch auch Messalina war nicht untätig. Das hatte Agrippina erst vor kurzem zu spüren bekommen. Fast schien es der Nichte des Kaisers, als hätte die leichtlebige Kaiserin noch nicht allen Sinn für Realität verloren. Agrippina hegte seit langem den Verdacht, dass Messalina ihre Absichten durchschaute. Hatten nicht erst vor einigen Tagen gedungene Mörder versucht, den kleinen Lucius zu ermorden? Allein einer zahmen Hausschlange war es zu verdanken gewesen, dass ihr Plan vereitelt worden war. Gerade als die Mörder das Kind mit einem Kissen hatten ersticken wollen, war unter der Decke des Knaben eben jene Schlange hervorgekrochen und hatte die verdutzten Mörder in die Flucht geschlagen. Die Schlange galt als heiliges Tier und wen sie beschützte, der galt als göttlich. Doch trotz dieses glücklichen Zufalls lebte Agrippina seither in ständiger Furcht. Sie ahnte, dass Messalina es erneut versuchen würde. Darum hatte Agrippina es zuerst erwogen, beim Kaiser Klage gegen die Kaiserin zu führen. Doch dieses Vorhaben hatte sie sogleich als aussichtslos wieder fallen gelassen. Es würde Messalina nur darauf hinweisen, dass Agrippina sich der Bedrohung durch die Kaiserin bewusst war. Und gerade das wollte sie vermeiden. Messalina sollte sich so lange wie möglich in Sicherheit wiegen. Irgendwann würde eine leichtsinnige Frau wie sie einen Fehler machen. Doch bis dahin musste sie unter allen Umständen Lucius Leben schützen. Und natürlich wurde es allmählich Zeit, sich am Hof nach einem geeigneten Verbündeten umzuschauen. Ob Pallas dies sein könnte, versuchte sie im Augenblick herauszufinden.

„Narcissus ist Messalinas Vertrauter", sagte Pallas schließlich zähneknirschend.

„Du meinst, er ist von euch dreien der Einzige, der die Gunst genießt, das Bett der Kaiserin gelegentlich teilen zu dürfen."

„Du führst schon wieder gefährliche Reden", warnte Pallas.

„Ich spreche nur aus, was jeder in Rom weiß, bis auf einen vielleicht." Vielsagend schaute Agrippina Pallas an.

Ihr Blick blieb nicht ohne Wirkung. Pallas musste sich trotz aller Vorsicht, die er walten lassen wollte, eingestehen, dass Agrippinas weibliche Reize nicht ohne Wirkung auf ihn blieben. Doch er erinnerte sich auch der Dinge, die über die Nichte des Kaisers gesprochen wurden. Hatte sie nicht seinerzeit mit dem eigenen Bruder, dem Kaiser Caligula, ein Verhältnis gehabt, bis dieser ihrer Herrschsucht überdrüssig geworden war und sie in die Verbannung geschickt hatte? Agrippina war ganz ohne Frage der Typ Frau, der in einem Mann nur das Mittel zum Zweck sehen konnte. Doch auch das barg für Pallas gewisse Reize, zumal diese Frau ein Mitglied der besten römischen Gesellschaft war, die ihn für gewöhnlich immer noch spüren ließ, woher er kam.

Nach kurzem Zögern entschloss Agrippina sich einen Vorstoß zu wagen. Ihr war es nicht entgangen, dass auch Pallas nur ein Mann war, bei dem nicht immer nur die Vernunft den Sieg davontrug.

„Ja", raunte sie süß. „Messalina und Narcissus passen zueinander. Und wenn der eine von ihnen fällt, wird er den anderen mitziehen. Hast du darüber schon einmal nachgedacht?"

Erschreckt wich Pallas zurück. Diese Frau war tatsächlich eine giftige Viper. Wovon sie da sprach, war Hochverrat. Sollte Messalina jemals von diesem Gespräch erfahren, war er ein toter Mann.

„Über so etwas denke ich nicht nach", antwortete er. „Messalina ist die Kaiserin, und das wird sie aller Voraussicht nach auch bleiben. Auch wenn Claudius und Messalina immer häufiger getrennte Wege gehen, so liebt Claudius seine Frau noch immer über alle Maßen."

„Gewiss", entgegnete Agrippina beruhigend. „Doch sollte irgendetwas diesen häuslichen Frieden einmal stören, Pallas, wirst du dann an mich denken? Du und ich, wir könnten gemeinsam viel erreichen. Und selbstverständlich würde ich mich für deine Hilfe in jeder Hinsicht erkenntlich zeigen."

Der Verlockung, die von Agrippina ausging, konnte Pallas nicht widerstehen. Ungeachtet des Orts, an dem sie sich befanden, und der Gefahr einer Entdeckung, gab er sich den Reizen Agrippinas hin.

Noch lange nachdem Pallas gegangen war, lag Agrippina wach. Sie wusste, dass sie an diesem Abend den ersten Schritt in Richtung Palatin genommen hatte. Der Finanzminister des Kaisers war zwar ein guter, fähiger Berater, doch eben letztendlich auch nur ein Mann. Er würde wiederkommen, würde ihr verfallen und dadurch zu ihrem willigen Werkzeug werden. Agrippina spürte, dass sie auf dem richtigen Weg war, das römische Imperium für ihren Sohn zu erobern. Die Zukunft gehörte dem, der abwarten konnte, um im richtigen Moment zuzuschlagen. Darin lag das Geheimnis des wirklichen Erfolgs.

9.

Voll Zorn nahm Messalina die Nachricht vom missglückten Mordanschlag auf den kleinen Lucius Domitius Ahenobarbus entgegen. Sulpicius Rufus, den sie mit diesem Mord beauftragt hatte, musste wochenlang um sein Leben fürchten. Doch schließlich verflog der Zorn der Kaiserin, wohl nicht zuletzt deshalb, weil Rufus sich alle Mühe gab, die Kaiserin auf andere Art und Weise für sein Versagen zu entschädigen. Die jungen Burschen, die er auf einer Reise über Land als Gladiatoren für die kaiserliche Fechtschule mit nach Rom gebracht hatte, entsprachen ganz Messalinas Bedürfnis nach Abwechslung.

Doch wie alles im Leben, das man in Überfluss genossen hat, wurde Messalina auch der jungen, unerfahrenen Burschen recht bald überdrüssig. Selbst ihre nächtlichen Ausflüge zur Mulvischen Brücke verloren bei der verwöhnten Kaiserin ihren Reiz. Wie nie zuvor in ihrem Leben wurde Messalina sich eines Tages der Tatsache bewusst, dass sie ihr Leben lang eigentlich nichts anderes getan hatte, als nach etwas zu suchen, das sie einfach nicht finden konnte. Doch was war das, das sie suchend umherirren ließ, ohne fündig zu werden? Die Antwort auf diese Frage fand die Kaiserin erst an jenem Tag, an dem sie dem jungen, aus Griechenland kommenden, designierten Konsul Gaius Silius begegnete.

Der noch nicht lange in Rom weilende Gaius Silius galt schon bald als der schönste, begehrenswerteste Mann der Stadt. Obwohl er mit

Junia Silana verheiratet war, schien er einem amüsanten Flirt nie abgeneigt. Und das war etwas, das die eitlen, gelangweilten Damen der römischen Gesellschaft durchaus zu schätzen wussten. Und so sagte man Silius bald nicht nur nach, ein durch sein Äußeres ansprechender Mann zu sein, sondern auch ein erstklassiger Liebhaber schöner Frauen.

Dieser Ruf blieb auch Messalina nicht verborgen. Neugierig geworden, machte sie sich eines Abends mit einigen ihrer Freunde auf den Weg zu einer Gesellschaft, auf der sie Silius' Bekanntschaft zu machen hoffte. Entgegen ihrer sonstigen Gepflogenheiten hielt die Kaiserin sich an diesem Abend im Hintergrund und wartete ab. Es war schon spät, und die meisten Gäste waren bereits ziemlich betrunken, als Silius schließlich erschien. In jedem Arm ein Mädchen aus dem Lupanar haltend, scheute er sich doch nicht, der Gastgeberin Lollia Paulina den Hof zu machen. Messalinas Herz begann schneller zu schlagen. Irgendetwas in ihrem Innern sagte ihr, dass sie gefunden hatte, wonach sie ihr Leben lang gesucht hatte. Doch trotz ihres Bedürfnisses, sich Silius zu nähern, hielt sie sich weiterhin im Hintergrund, bis fast alle Gäste so betrunken waren, dass sie sich am nächsten Morgen an nichts mehr würden erinnern können.

Beobachtend folgte ihr Blick dem jungen Mann, bis sie schließlich bemerkte, dass Silius sich mit einem der beiden mitgebrachten Mädchen in den Garten zurückzog. Dies war der Moment, auf den die Kaiserin gewartet hatte. Siegesbewusst folgte sie dem Pärchen bis zu einer kleinen Gartenlaube.

Als der ahnungslose Silius sich bereits entkleidet dem Mädchen zu nähern begann, hielt die Kaiserin ihren Augenblick für gekommen. Lächelnd trat sie aus dem Dunklen auf das Pärchen zu.

„Eine Nacht, wie geschaffen für die Liebe", meinte sie leichthin.

Verärgert über die Störung blickte Silius in die Richtung, aus der die Stimme kam. Einen zornigen Fluch murmelnd, verstummte er sofort, als er Messalina erblickte. Forschend glitt sein Blick über die leicht gerundeten Formen der Fremden. Obwohl sie nicht sonderlich schön war, war doch etwas an ihr, das Silius fesselte. Dieser frivole, herausfordernde Blick schien ihm einen ganz besonderen Genuss zu versprechen.

„Wohl auch auf der Suche nach etwas Liebe?", meinte er freundlicher.

„Vielleicht. Es käme auf einen Versuch an", erwiderte die Kaiserin kokett.

„Nun, dann leg dich zu uns. Meine Kraft reicht für euch beide."

Silius keinen Moment aus den Augen lassend, schüttelte Messalina ablehnend den Kopf.

„Ich bin es nicht gewohnt, mit anderen zu teilen. Ich will alles oder nichts. Du musst dich also entscheiden."

Die herausfordernde Art, mit der Messalina ihn betrachtete, reizte Silius. Mit einem Mädchen aus dem Lupanar konnte er jeden Tag schlafen. Das war nichts Besonderes. Doch diese Fremde schien ihm ein ganz seltenes Abenteuer zu garantieren. Ihre Augen strahlten einen leidenschaftlichen Glanz aus, wie er ihn noch nie bei einer Frau gesehen hatte. Aus seiner abgelegten Toga ein paar Münzen hervorziehend, schickte er das Mädchen fort.

„Nun, wir sind allein, ganz wie du es dir gewünscht hast. Ich hoffe nur, dass ich diese Entscheidung nicht bereuen werde."

Messalinas Augen funkelten geheimnisvoll im Dunkeln.

„In meinen Armen", hauchte sie verheißungsvoll, „wirst du jede andere Frau vergessen. Das verspreche ich dir."

Ohne eine Erwiderung abzuwarten, begann die Kaiserin sich vor den Augen des Silius zu entkleiden. Wenige Augenblicke später lag sie in seinen Armen und ließ sich ganz von den Wogen der Lust davontragen. Während sie dem drängenden Silius ihren Körper in allen erdenklichen Formen darbot, murmelte sie im Stillen vor sich hin: „Ich habe es gewusst. Die ganze Zeit über habe ich es gewusst. Er ist es. Nach ihm habe ich gesucht."

Noch lange nachdem sie das letzte bisschen Kraft aus Silius Körper herausgezogen hatte, lag sie eng an ihn geschmiegt da.

„Und, habe ich dir zu viel versprochen?", fragte sie schelmisch.

Zufrieden schüttelte Silius mit dem Kopf.

„Nein, das hast du gewiss nicht", antwortete er erschöpft. „Ich gestehe offen, so wie mit dir war es noch mit keiner Frau. Mir ist, als wäre Venus selbst zu mir herabgestiegen, um mich zu verwöhnen. Sag mir, wer du bist. Ich möchte dich unbedingt wiedersehen."

143

Messalina schüttelte geheimnisvoll den Kopf.

„Das werde ich dir nicht verraten, mein schöner, starker Liebhaber. Aber etwas anderes verspreche ich dir. Wir werden uns wiedersehen."

Sanft küsste Messalina Silius auf den Mund. Dann stand sie auf und zog sich an.

„Willst du wirklich schon gehen?"

Silius' Stimme drückte wirkliche Enttäuschung aus.

„Ich muss", antwortete die Kaiserin. „Aber ich werde wiederkommen. Vertraue mir."

Dann verschwand Messalina. Beschwingt und leichtfüßig wie schon lange nicht mehr, verließ sie das Haus der Lollia Paulina und kehrte in den Palast zurück. Zurück blieb ein nachdenklicher Silius. Er bezweifelte ernstlich, dieser Fremden noch einmal zu begegnen. Er kannte diesen Typ von Frauen nur zu genau. Reich und verwöhnt waren sie, immer auf der Suche nach einem flüchtigen Abenteuer, doch auch in der ständigen Furcht lebend, dabei einmal ertappt zu werden. Dies bedeutete dann nicht selten den Verlust der gesellschaftlichen Stellung. Und so weit ging die Lust der meisten Damen dann doch nicht.

Messalina war wie verwandelt. Verträumt wie ein kleines Mädchen streifte sie durch den Palast, an nichts anderes denkend als ihrer nächsten Begegnung mit Silius den passenden Rahmen zu verleihen. Ihren Körper erfasste jedes Mal aufs Neue ein Beben, wenn sie in ihren Erinnerungen an diese eine Nacht mit Silius schwelgte. Das musste die Liebe sein, von der die Dichter in ihren Versen sprachen, an die sie aber schon lange nicht mehr hatte glauben können. Nun war sie ihr doch begegnet, und Messalina war fest entschlossen, sie nicht wieder entgleiten zu lassen. Sie würde sie festhalten, ganz gleich wie.

Die Tatsache, dass Silius nicht ahnte, mit wem er die Nacht in Lollia Paulinas' Haus verbracht hatte, gab der Affäre einen besonderen Reiz, war Messalina sich doch sicher, dass Silius sich nicht der Kaiserin und ihrer Gewalt, sondern der Frau unterworfen hatte. Solange wie möglich wollte sie es dabei belassen. Und so sandte sie Silius schließlich eine Botschaft, in der sie ihn bat, sie auf einem Landgut ihres Freundes Juncus Vergilianus wiederzusehen.

Voll Spannung erwartete Messalina die Ankunft ihres jungen Liebhabers. Doch er kam nicht.

Voll Enttäuschung, erfüllt von Zorn über diese Treulosigkeit, kehrte die Kaiserin schließlich nach Rom zurück. So wie Silius mit ihr umsprang, konnte man vielleicht mit einer Dirne aber nicht mit einer Kaiserin umgehen.

Es dauerte nicht lange, bis Messalina den richtigen Weg gefunden zu haben glaubte, sich für die erlittene Schmähung an Silius zu rächen. Er sollte ihre Macht zu spüren bekommen. Das würde ihn lehren, ihr in Zukunft gehorsam zu folgen. Wissend, dass Silius in seinem Haus an diesem Abend die vornehmsten Römer zu Gast hatte, beauftragte Messalina ihren Ehrenwächter, Titus Proculus, damit, Silius festnehmen und zu ihr bringen zu lassen.

„Bist du dir sicher, dass dies der richtige Weg ist, Herrin?", mahnte Proculus. „Silius ist einer der angesehensten Bürger Roms. Ihn einfach verhaften zu lassen, könnte ein ernstes Nachspiel haben."

„Tu, was ich dir sage, und zerbrich dir nicht meinen Kopf", fauchte Messalina ihren Ehrenwächter an. „Callistus wird dir den Haftbefehl aushändigen. Und nun geh."

Nur ungern beugte Callistus sich dieses Mal dem Befehl Messalinas. Dieser offene Affront gegen ein Mitglied der römischen Gesellschaft konnte möglicherweise dem Kaiser zu Ohren kommen. Dann galt es, die Verhaftung zu rechtfertigen. Doch wie sollte er das, hatte er gegen Gaius Silius nichts in der Hand. Ratsuchend wandte er sich deshalb an Narcissus.

Schweigend hatte Narcissus Callistus angehört. Nachdem er geendet hatte, erwiderte der Kabinettsekretär kühl: „Tu, was sie verlangt. Mit Sicherheit handelt es sich wieder einmal um eins ihrer amourösen Abenteuer. Sie will nichts anderes, als mit Silius schlafen."

„Aber wenn er den Spaß nicht versteht und sich beim Kaiser wegen der Verhaftung beschwert", gab Callistus zu bedenken.

Nachdenklich schüttelte Narcissus den Kopf.

„Das wird er nicht tun. Dafür ist dieser Silius zu schlau. Er wird wissen, wenn er Beschwerde führt, können leicht wirkliche Gründe gefunden werden, die ihn den Kopf kosten."

Noch lange nachdem Callistus gegangen war, lief Narcissus an diesem Nachmittag in seinem Arbeitszimmer auf und ab. Die Kaiserin und ihre

Wünsche begannen allmählich zu einem wirklichen Problem zu werden. Dass sie nun ein Auge auf den jungen Gaius Silius geworfen hatte, machte Narcissus das meiste Kopfzerbrechen, denn Silius war ein äußerst ehrgeiziger und gefährlicher Mann. Wie leicht konnte ein so geschickter Mann wie er die Kaiserin für die eigenen Pläne benutzen. Narcissus schwor sich, diese Angelegenheit mit größter Wachsamkeit im Auge zu behalten.

Fluchend schritt Gaius Silius in dem kleinen Zimmer, in das man ihn nach seiner Verhaftung gebracht hatte, auf und ab. Was wollte man von ihm? Welches Verbrechens wurde er bezichtigt? Sich seiner Unschuld bewusst, konnte Silius doch nicht umhin, Furcht zu empfinden. Er wusste, wie leicht es war, in die Mühlen des Gesetzes zu geraten und wie schwer, sich daraus wieder zu befreien. Eine Verleumdung genügte oftmals, um den Kopf zu verlieren. Aber wer war der Verleumder? Wer wollte ihn beseitigen? Diese Frage beschäftigte den jungen Mann fortwährend. Solange er nicht wusste, woher die Gefahr kam, konnte er sich auch keine Rechtfertigung überlegen. Warum nur kam niemand, um ihn aufzuklären? Warum ließ man ihn so lange warten? Je länger Silius in dem kleinen Raum, bewacht von Prätorianern, auf und ab schritt, umso größer wurde seine Sorge. Voll Mitleid dachte er an den entsetzten Aufschrei seiner Frau Junia Silana, als er verhaftet worden war. Was mochte sie nur in diesen Stunden ausstehen, wusste sie doch nicht einmal, ob sie ihn je lebend wiedersehen würde.

Wie lange Silius brütend, von unbestimmbaren Ängsten verfolgt, in dem kleinen Raum wartete, konnte er selbst kaum sagen. Die Zeit schien für ihn dahin zu schleichen. Als schließlich Titus Proculus den Raum betrat, stürzte Silius sich hoffnungsvoll auf den Vertrauten der Kaiserin.

„Sage mir, Proculus, warum hält man mich hier fest? Welches Verbrechens werde ich beschuldigt?"

„Die Anklage lautet, so viel ich weiß, auf Majestätsbeleidigung und Ungehorsam gegen das Kaiserhaus."

„Aber das begreife ich nicht?", stotterte Silius verwirrt. „Dabei muss es sich um einen Irrtum handeln. Ich bin ein ergebener Diener des Staats und des Kaisers. Wer hat eine solche Anklage gegen mich erhoben?"

Titus Proculus hob bedauernd die Schulter.

„Darüber darf ich dir keine Auskunft geben. Komm mit."

„Wohin werde ich gebracht?", fragte Silius, sich bereits in einem kaiserlichen Gefängnis verschwinden sehend.

„Du hast Glück", antwortete der ihm vorausgehende Proculus. „Die Kaiserin ist bereit, sich persönlich deines Falls anzunehmen. Versuche ihr eine Erklärung für dein Verhalten zu geben. Vielleicht klärt sich ja alles, und du kannst heute Nacht wieder zu Hause sein."

Schweigend folgte Silius dem vorausgehenden Titus Proculus, gefolgt von zwei Prätorianern, durch die endlos erscheinende Zimmerflucht des

Palasts zu den Privatgemächern der Kaiserin. Von Sorgen und Ängsten gepeinigt, trat Silius sich tief verneigend in den Empfangsraum Messalinas.

„Es ist gut, Titus. Ihr könnt euch zurückziehen und mich mit dem Gefangenen allein lassen."

Während Proculus sich mit den Prätorianern zurückzog, hob Silius zögern den Kopf. Bereits eine Rechtfertigung auf den Lippen, verschloss der Anblick der Kaiserin ihm sofort wieder den Mund.

„Du siehst, mein lieber Gaius Silius", ergriff Messalina an seiner statt das Wort, „mit seiner Kaiserin spielt man nicht ungestraft. Wenn Messalina befiehlt, hast du zu gehorchen. Ich hoffe, der heutige Tag wird dir eine Lehre sein."

Die in nur hauchdünne Gewänder gekleidete Kaiserin maß den noch immer verschreckten Silius mit einem spöttischen Blick.

„Darf ich das so verstehen, dass ich im Anschluss an diese Audienz wieder gehen darf?"

„Wenn ich mit dem Ausgang dieser Audienz zufrieden bin, ja."

Messalinas einladende Gebärde ließ über den Grund seiner Verhaftung nicht den geringsten Zweifel aufkommen. Ergeben fügte Silius sich in sein Schicksal.

Dass die Affäre Messalinas mit dem jungen Silius mehr als eines der sonst üblichen Abenteuer der Kaiserin war, wurde Narcissus nur allzu bald bewusst. Ungeniert zeigte die Kaiserin sich mit ihrem Liebhaber auf den Straßen Roms, und eines Tages schreckte sie nicht einmal mehr davor zurück, in Silius Haus einzudringen und die völlig überraschte Junia Silana hinauszuwerfen. Diesem offenen Affront gegen die junge Frau folgte zwangsweise die Scheidung.

Besorgt schüttelte Narcissus den Kopf. Messalinas Handlungen wurden zusehends unberechenbarer und undurchschaubarer. Allmählich stellte die Kaiserin eine wirkliche Bedrohung dar. Doch trotz allem wagte Narcissus es nicht, den Kaiser über das Verhalten seiner Gattin aufzuklären, waren sein und Messalinas Schicksal doch durch die Vergangenheit eng aneinander gekettet. Dass das Spiel, das die Kaiserin im Augenblick spielte, auf Dauer nicht gutgehen konnte, sah Narcissus jedoch klar voraus. Aber noch wusste er nicht, wie er sich entscheiden würde, sollte eines Tages eine solche von Nöten sein. Konnte er sich Messalinas entledigen, ohne dabei selbst zu stürzen? Auf diese Frage suchte Narcissus immer häufiger eine Antwort.

10.

Auch Gaius Silius wurde sich von Tag zu Tag mehr der Unhaltbarkeit seiner Situation bewusst. Auf Dauer konnte er sein Verhältnis zur Kaiserin vor Claudius nicht geheim halten, pflegte Messalina ihn doch stets ungeniert mit ihrem ganzen Hofstaat aufzusuchen. Manch spitzzüngiger Römer fragte bereits in aller Öffentlichkeit, wo sich der Palast denn nun eigentlich befinde, auf dem palatinischen Berg oder im Haus des Silius. Doch so oft Silius Messalina um etwas mehr Diskretion anflehte, lachte sie ihn nur aus.

„Jeder kann wissen, dass ich dich liebe. Was ist schon dabei? Auch der Kaiser sucht sich sein Vergnügen außerhalb. Wenn ich richtig unterrichtet bin, heißen seine Mätressen Calpurnia und Cleopatra. Sehr geschmackvolle Namen, findest du nicht?"

Lachend pflegte die Kaiserin sich dann in Silius Arme zu stürzen und für eine kurze Zeit vergaß Silius, in welch heikle Situation ihn seine Affäre mit Messalina gebracht hatte. Was blieb ihm anderes übrig, als die Götter um einen glücklichen Ausgang aus dieser Lage zu bitten.

Was die in ihrer Verliebtheit sich immer weiter von der Realität entfernenden Kaiserin nicht ahnte, war, dass jede ihrer Handlungen genau beobachtet wurde. Zufrieden stellte Agrippina fest, dass Messalinas Sturz kaum noch aufzuhalten war. Und während die Kaiserin sich ganz ihrer für Silius erwachten Leidenschaft überließ, ließ Agrippina keinen Moment ungenutzt, den einsamen Kaiser zu trösten. Wie einst ihre Schwester Julia Livilla, so erfreute sich nun Agrippina der Gunst des Kaisers. In vertrauter Zweisamkeit lauschte sie dem allmählich senil werdenden Kaiser, lobte seine neuen Gesetzentwürfe und las in der von ihm verfassten Biografie. Dass sie im Anschluss eines solchen Treffens bei Pallas für das Entschädigung fand, was das Zusammensein mit dem Kaiser ihr abverlangte, ahnte nicht einmal der sonst so wachsame Narcissus. Dieses Geheimnis hüteten die beiden mit äußerster Sorgfalt, und gemeinsam schmiedeten sie Pläne für die Zukunft. Der erste, der dem unmittelbaren Aufstieg Agrippinas im Weg stand, war ihr Mann. Er starb plötzlich und überraschend. Viele munkelten, dass es sich bei seinem Tod um einen Giftmord handelte. Doch niemand schien an der Aufklärung des merkwürdigen Todesfalls ernstliches Interesse zu haben, am allerwenigsten der Kaiser selbst, schenkte ihm der überraschende Tod des Crispus Passienus die Möglichkeit, Agrippina noch häufiger zu sehen.

Aufgebracht schritt Messalina in ihren Räumen auf und ab. Dass Claudius sie ausgerechnet an diesem Abend zum Essen in sein Privatgemach gebeten hatte, passte der Kaiserin ganz und gar nicht. Seit sie Silius kannte, fiel es ihr von Tag zu Tag schwerer, ihren greisen Ehemann zu ertragen. Schon oft hatte Messalina in den vergangenen Wochen und Monaten deshalb über die Möglichkeit einer Trennung nachgedacht. Doch

152

was bei normal Sterblichen eine einfache Sache war, wog bei Kaiser und Kaiserin viel schwerer. Zum einen wusste Messalina genau, dass Claudius einer Trennung niemals zustimmen würde, zum anderen wollte Messalina trotz Silius nicht auf ihre gewohnte Macht verzichten. Sie war die Kaiserin, und das gedachte sie auch zu bleiben. Es musste also ein Weg gefunden werden, beides zu vereinigen, die Macht und Silius. Um das zu verwirklichen, gab es nur einen Weg. Claudius musste sterben. Dann war sie frei und konnte Silius heiraten. Gemeinsam mit ihm würde sie die Regentschaft für den minderjährigen Britannicus übernehmen.

All diese logischen Überlegungen hatten nur einen Schwachpunkt. Wie sollte sie sich des lästigen Kaisers entledigen? Wer würde ihr helfen, den greisen Kaiser zu beseitigen? Gewiss, Messalina hatte viele treu ergebene Verbündete, auf die sie sich verlassen konnte. Doch wie würden die wirklich Mächtigen des Reichs ihrem Plan gegenüberstehen? Was würde Narcissus wohl von einem Kaiser, der Silius hieß, halten? Über diese Frage musste Messalina nicht lange nachdenken. Sie kannte die Antwort.

Unter Gaius Silius würden die Machtbefugnisse von Narcissus, Pallas und Callistus erheblich beschnitten werden. Ein Mann wie Silius würde es nicht dulden, das Reich von Freigelassenen regieren zu lassen. Das wusste natürlich auch Narcissus. Und deshalb brauchte sie nach einer Antwort gar nicht erst zu fragen. Im Ernstfall würde er sich auf Claudius´ Seite stellen, sich gegen sie wenden. Was zählte es, dass er ihr seinen Aufstieg und seine Macht zu verdanken hatte? Auf seine Dankbarkeit konnte sie in dieser Angelegenheit wohl kaum zählen.

Schweren Herzens gestand Messalina sich ein, dass sie in diesem Fall ganz allein handeln musste. Narcissus durfte von ihren Plänen nichts erfahren. Er musste vor vollendete Tatsachen gestellt werden.

Seufzend versuchte Messalina den Gedanken an Narcissus zu verdrängen. Gab es nicht genügend Männer, die ihr treu ergeben waren, die bedingungslos jeden ihrer Befehle ausführten? Da war ihr Ehrenwächter Titus Proculus, der Senator Juncus Vergilianus, Sulpicius Rufus, der Leiter der kaiserlichen Fechtschule, Derius Calpurnianus, der Führer der Feuerwehr, Sanfeius Trogus aus der kaiserlichen Leibgarde, sowie Vettius Valens, Pomponius Urbicus, Traulus Montanus und Plantius Lateranus. Auf sie alle konnte die Kaiserin zählen. Was machte da ein Mann wie Narcissus schon aus? Nichts, versuchte Messalina sich einzureden. Doch so gleichgültig sie auch tat, so wäre es ihr doch eine große Beruhigung gewesen, Narcissus auf ihrer Seite zu wissen. Seit sie Kaiserin war, hatte er ihr beigestanden. Sich von ihm zu trennen, fiel der Kaiserin weitaus schwerer, als den greisen Claudius aus dem Weg zu räumen.

Sich von ihren Sklavinnen für das Treffen mit dem Kaiser zurecht machen lassend, begann Messalina sich dem nächsten Problem zuzuwenden. Wie sollte sie sich ihres lästigen Ehemanns entledigen? Gift kam nicht in Frage,

154

denn der vorsichtige, ängstliche Kaiser nahm nichts zu sich, ohne es von einem Vorkoster vorher prüfen zu lassen. Ihn meuchlings niederstechen zu lassen, war ebenfalls schwierig, denn die Prätorianer ließen Claudius nie aus den Augen. Sie liebten und schützten ihren sonderbaren Imperator. Messalina sah sich schier unlösbaren Problemen gegenübergestellt. Ratlos beschloss sie, Silius ins Vertrauen zu ziehen. Sollte er sich doch den Kopf über eine Möglichkeit zerbrechen, schließlich brachte sie in ihre Verbindung bereits genug mit. Welche Frau außer ihr konnte einem Mann schon ein Imperium zum Hochzeitsgeschenk machen?

Genussvoll wand Messalina sich in Silius Armen. Ihre dunklen Augen strahlten jenen geheimnisvollen Glanz aus, den der junge Gaius Silius so an der Kaiserin liebte. Was für eine Frau Messalina doch war, erfinderisch und unermüdlich in der Liebe, manchmal wild wie eine Raubkatze, dann wieder einem verspielten, zahmen Hauskätzchen gleich, doch immer einfallsreich beim Ersinnen neuer Genüsse. Eine bessere Geliebte als sie konnte sich kein Mann wünschen. Und doch wusste Gaius Silius nur zu genau, dass die Situation, in der sie beide lebten, immer unhaltbarer wurde.

Als ob Messalina seine Gedanken erraten hätte, sagte sie, Silius zärtlich über das Haar streichend: „Ich habe nachgedacht. Wir können so wie bisher nicht weitermachen. Meine Ehe mit Claudius wird immer unerträglicher. Ich kann diesen alten Mann nicht länger ertragen. Um unserer Liebe willen müssen wir uns seiner entledigen, und zwar so schnell wie möglich. Nur auf diese Weise kann unsere Beziehung von Bestand sein."

Schwankend zwischen Entsetzen und Hoffnung blickte Silius in Messalinas dunkle, unergründliche Augen. Worüber sie da sprachen, war Hochverrat. Andererseits, gab es einen anderen Weg für sie? Silius wurde sich jäh bewusst, dass er im Begriff war, eine unwiderrufliche Entscheidung zu fällen. Messalina und Macht oder ein schmachvoller Tod, das war es, worum es im Augenblick ging. Aber was gab es da eigentlich noch zu überlegen? Steckte er nicht bereits so tief in der Sache drin, dass es für ihn ohnehin kein Zurück mehr gab?

Gaius Silius war sich der Gefahr, in die er sich begab, durchaus bewusst. Doch ehrgeizig wie er war, konnte er der Verlockung nicht widerstehen.

„Und wie sollen wir es beginnen?", fragte er nach kurzer Überlegung.

Ahnungslos zuckte Messalina mit den Schultern.

„Das weiß ich auch nicht. Lass dir etwas einfallen. Gift scheidet aus, denn Claudius ist in dieser Hinsicht sehr misstrauisch. Alles, was er zu sich nimmt, lässt er vorkosten. Meuchelmord kommt ebenfalls nicht in Betracht, denn die Prätorianer stehen fest hinter ihm. Mir ist bis jetzt noch nichts eingefallen, wie es gelingen könnte. Ich dachte, vielleicht hast du eine Idee."

Nachdenklich ließ Silius sich in die Kissen zurückfallen. Den greisen Kaiser zu beseitigen schien bei genauerem Betrachten weit schwieriger als man annehmen sollte.

„Wie wäre es mit einem offenen Umsturzversuch, möglichst während der Kaiser nicht in der Stadt ist?", schlug Silius schließlich vor. „Haben wir Rom in unserer Hand, dürfte es ein Leichtes sein, Claudius gefangen zu setzen und hinzurichten."

Nachdenklich wiegte Messalina ihren Kopf hin und her. Schließlich nickte sie zufrieden.

„Der Gedanke ist gut. Wir bemächtigen uns der Stadt, während Claudius in Ostia die neuen Kornspeicher einweiht. Das ist eine günstige Gelegenheit, denn die Prätorianer und viele seiner Getreuen werden ihn begleiten. Die Stadt wird uns fast kampflos in die Hände fallen. Und die Übernahme der Macht werden wir natürlich gebührend feiern. Ganz Rom soll Zeuge sein, wie wir uns vermählen."

„Aber solange Claudius lebt, kannst du mich nach römischem Gesetz nicht heiraten", wandte Silius ein.

„Pha!", erwiderte Messalina wegwerfend. „Was kümmert mich römisches Recht? Wer die Macht in den Händen hält, der hat das Recht immer auf seiner Seite. Wir werden heiraten."

Unterwürfig nickte Silius, sich der Tatsache bewusst, dass er von Messalina immer noch abhängig war. Sollte der Staatsstreich gelingen, war noch immer genügend Zeit, die Machtbefugnisse neu zu verteilen. Und sollte er misslingen, dann war ohnehin alles egal. Dann galt es nur noch, mutig dem Tod ins Auge zu sehen.

Unruhig geworden, eine drohende Gefahr vorausahnend, ließ Narcissus die Kaiserin keinen Augenblick mehr unbewacht. Wo immer Messalina ihren Fuß hinsetzte, folgte ihr ein Späher des Kabinettsekretärs. Doch so gute Überwachungsarbeit die Spitzel des Narcissus auch leisteten, die Absichten der Kaiserin konnten sie nicht ergründen. Gerade das bestärkte Narcissus in seiner Meinung, dass irgendetwas Geheimnisvolles, Bedrohliches im Gange war. Seit Messalina sich bei seinem Ersuchen um Audienz verleumden ließ und ihm auch sonst geschickt aus dem Weg zu gehen versuchte, wusste Narcissus genau, dass die Kaiserin im Begriff war, ihm den Rücken zu kehren und Gaius Silius an seiner statt zum Vertrauten zu wählen. Es bestand kein Zweifel mehr. Silius hatte es verstanden, sich zwischen ihn und die Kaiserin zu drängen. Nun sah Narcissus nur noch einen Ausweg aus der Situation. Messalina musste fallen, schnell und ohne die Möglichkeit zu erhalten, die Geheimnisse, die sie beide miteinander teilten, ausplaudern zu können. Doch für das Gelingen eines solchen Unternehmens war es natürlich wichtig, den richtigen Zeitpunkt zu finden. Nicht zuletzt deshalb musste es ihm bald gelingen, hinter die Pläne der Kaiserin zu kommen. Doch so sehr Narcissus Spitzel sich auch bemühten, aus der Umgebung der Kaiserin drang nur Schweigen. Und so kam es, dass selbst der wachsame Narcissus von den hereinbrechenden Ereignissen völlig überrascht wurde.

11.

Es war der Monat der Weinlese, der dem Gott Bacchus, dem Gott der Trunkenheit, geweiht war, als das Verhängnis seinen Anfang nahm.

In den frühen Morgenstunden des fünften September brach Kaiser Claudius, begleitet von den Prätorianern sowie seinen beiden Ministern Pallas und Callistus, zu einer feierlichen Einweihung neuerbauter Kornspeicher nach Ostia auf. Nur Narcissus, von bösen Ahnungen getrieben, blieb in der Stadt. Die Tatsache, dass Messalina Unwohlsein vorgeschützt hatte, um an den Feierlichkeiten nicht teilnehmen zu müssen, hatte ihn misstrauisch gemacht. Nachdenklich folgte sein Blick von seinem Arbeitszimmer auf dem Palatin aus dem kaiserlichen Zug. Hätte er den Kaiser warnen sollen, hätte er ihm sagen sollen, dass ihn seit Tagen Ängste quälten? Missmutig verneinte Narcissus. Solange er nichts Greifbares auf der Hand hatte, musste er schweigen.

Auch Messalina hatte von ihrem Schlafgemach aus den Aufbruch des Kaisers verfolgt. Ein zufriedenes Lächeln zeichnete sich auf ihrem Gesicht ab, nachdem der Kaiser ihrem Blick entschwunden war.

„Leb wohl, Claudius. So die Götter wollen, werden wir uns niemals wiedersehen", murmelte sie zufrieden vor sich hin. An ihre Sklavin Lydia gewandt, fuhr die Kaiserin fort: „Sende Proculus zum Haus des Silius. Er soll Silius ausrichten, alles wäre bereit. Und dann rufe die Mädchen, damit sie mir beim Ankleiden helfen." Mehr zu sich selbst, fügte die Kaiserin hinzu: „Schon heute Nacht werde ich die Frau des Silius sein. Die ganze Stadt soll Zeuge unseres Hochzeitsfestes werden. Sie werden mit uns feiern. Auf diese Weise ist mit keinem Widerstand zu rechnen."

Während Messalina sich von ihren Sklavinnen ankleiden ließ, traf Silius alle Vorbereitungen, um seine Braut in einem feierlichen Zug vom Palatin zu seinem Haus zu führen. Sanfeius Trogus und Decrius Rufus räumten unterdessen die kaiserlichen Weinkeller leer, um das Volk an dem großen Ereignis teilhaben zu lassen. Silius und Messalina rechneten damit, dass der kostenlose Wein die Leute schon bald so trunken gemacht haben würde, dass sie die Ungeheuerlichkeit, die Messalina und ihr Liebhaber geplant hatten, gar nicht mehr recht wahrnehmen würden. So drohte von nirgends Gefahr, außer von Narcissus. Dass er in Rom geblieben war, beunruhigte Messalina. Auch wenn Silius den Befehl erteilt hatte, den Kabinettsekretär als einen der ersten verhaften zu lassen, fürchtete Messalina ihren einstigen Vertrauten.

Zuerst wollte Narcissus dem vor ihm stehenden Spitzel keinen Glauben schenken. Doch ein zweiter und dritter bestätigte schließlich die Aussage des ersten. In einem von den Römern bejubelten Hochzeitszug befand sich die Kaiserin auf dem Weg zum Haus des Silius, wo die Eheschließung der beiden mit einem rauschenden Weinfest gefeiert werden sollte. Narcissus stockte der Atem.

Eine solche Ungeheuerlichkeit hätte selbst der von Messalina viel gewöhnte Kabinettsekretär der Kaiserin niemals zugetraut. Je länger Narcissus sich über die sich überstürzenden Ereignisse nachdachte, umso klarer erkannte er, wie gut Silius' und Messalinas Plan durchdacht war. Niemand war in der Stadt geblieben, der das Vorhaben der beiden vereiteln konnte. Und jäh wurde Narcissus sich auch der Tatsache bewusst, dass sein eigenes Leben in höchster Gefahr war, denn er allein konnte die perfekt geplante Verschwörung jetzt noch vereiteln. Sich einen weiten Umhang umwerfend, verließ der Freigelassene durch einen Nebeneingang den kaiserlichen Palast.

Die Nachricht, dass Narcissus entkommen war, ließ Messalina nichts Gutes ahnen.

„Er darf die Stadt unter keinen Umständen lebend verlassen", raunte sie Silius furchtsam zu. „Wenn er den Kaiser verständigen kann, ist alles verloren."

Silius nickte zornig. Dass ihm Narcissus entkommen war, ärgerte ihn noch weit mehr als die Kaiserin. Wie gerne hätte er diesem anmaßenden Freigelassenen Auge in Auge gegenübergestanden, bevor er den Henker ans Werk geschickt hätte. Doch von diesen Absichten hatte er Messalina natürlich nichts erzählt.

„Ihr müsst ihn finden, unbedingt. Er darf unter keinen Umständen die Stadt verlassen. Habt ihr verstanden!", befahl er seinen Verbündeten besorgt.

Doch schon wenige Augenblicke später waren alle Befürchtungen des frischvermählten Brautpaars vergessen. Trunken vom Rausch der Macht und des Erfolgs stürzten Messalina und Silius sich erneut in den Festtaumel.

Ratlos schlich Narcissus durch die Straßen Roms, immer der Gefahr ins Auge sehend, von jemandem erkannt zu werden. Der Kabinettsekretär des Kaisers war klug genug, um zu wissen, dass man inzwischen überall nach ihm suchen würde. Und gewiss waren sämtliche Stadttore längst von treuen Anhängern des Silius besetzt. Ein Entkommen war fast unmöglich. Doch weiter auf den Straßen der Stadt umherzuirren, vergrößerte die Gefahr einer Entdeckung. Nur, wohin sollte Narcissus sich wenden? Wirkliche Freunde hatte er in dieser Stadt nicht. Alle hatten ihn gefürchtet. Und wer gefürchtet wird, ist nicht beliebt. Die Bitterkeit dieser Erkenntnis traf Narcissus. Kein Römer würde dem Kabinettsekretär des Kaisers Unterschlupf gewähren. Jeder würde es bejubeln, wenn er am Kreuz sterben würde.

Mehr durch Zufall als durch Absicht landete Narcissus schließlich an der Mulvischen Brücke, einem der bekanntesten Prostituiertenviertel der Stadt. Beim Anblick der freizügig gekleideten Mädchen kam dem Kabinettsekretär ein erlösender Gedanke. Hier, in einer der kleinen Mietwohnungen, die sich hinter den hohen Insulaen skrupelloser Ausbeuter verbargen, mussten die beiden derzeitigen Favoritinnen des Kaisers, Calpurnia und Cleopatra, leben. Wenn sie auch leichtfertige Frauenzimmer waren, so zweifelte Narcissus doch keinen Augenblick daran, dass sie dem Kaiser treu ergeben waren. Vielleicht konnte er hier Hilfe finden? Immerhin lohnte sich der Versuch. Zielstrebig klopfte Narcissus an einer der Türen und fragte nach der Wohnung der beiden Frauen.

Während Messalina und Silius, sich in Sicherheit wiegend, mit ihren Mitverschwörern ein rauschendes, dem Gott Bacchus geweihtes Fest feierten, dessen Zeuge die ganze Stadt wurde, gelang es Narcissus in Begleitung der beiden Prostituierten in Lumpen gekleidet, eines der Stadttore zu passieren und in das vor der Stadt gelegene Prätorianerlager zu gelangen. Den Spitzeln des Gaius Silius entkommen, begann Narcissus nun darüber nachzudenken, was zu tun sei, um die Pläne Messalinas und ihres Geliebten doch noch zu vereiteln. Ganz ohne Frage musste der Kaiser so schnell wie möglich von der Ungeheuerlichkeit unterrichtet werden, die seine Gattin während seiner Abwesenheit begangen hatte. Doch wer sollte es dem Kaiser beibringen? Narcissus Blick wanderte suchend durch den Raum und blieb schließlich bei den beiden kaiserlichen Geliebten hängen.

„Wir brechen nach Ostia auf, sofort!", befahl er. „Und ihr beiden begleitet uns. Ihr müsst zu Claudius gehen und ihm die ganze Wahrheit erzählen. Euch wird er Glauben schenken. Schnell! Wir dürfen keine Zeit verlieren. Jede Sekunde ist kostbar. Je schneller der Kaiser nach Rom zurückkehrt, umso schneller können wir diesen Spuk beenden."

Ärgerlich über die Unterbrechung bei den Opferfeierlichkeiten war Claudius in sein Zelt geeilt.

„Was gibt es so Dringendes, dass es nicht Zeit bis nach der Zeremonie gehabt hätte?", brauste der Kaiser auf.

Schluchzend warf Calpurnia sich vor dem Kaiser zu Boden. „Herr, was geschehen ist, ist so ungeheuerlich, dass ich es kaum auszusprechen wage. Die Kaiserin hat während deiner Abwesenheit den edlen Gaius Silius geheiratet. Silius hat offiziell deinen Sohn Britannicus adoptiert und sich selbst zum Regenten ernannt."

Ungläubig schüttelte Claudius den Kopf.

„Du redest wirres Zeug", erwiderte er. „Wie sollte meine Frau einen anderen Mann geheiratet haben, habe ich ihr doch nicht den Scheidungsbrief geschickt? Solange Messalina meine Gattin ist, kann sie keinen anderen Mann heiraten."

„Aber sie hat es getan", bestätigte Cleopatra. „Sie und Silius versuchen gerade, die Macht an sich zu reißen. Und vielleicht gelingt ihnen das sogar. Den Göttern sei Dank, dass sie wenigstens Narcissus nicht festsetzen konnten. Er ist mit uns aus der Stadt geflohen."

„Narcissus! Er ist hier?"

Kreidebleich blickte der Kaiser zum Zelteingang, durch den Narcissus nun hereinkam.

„Sag mir, Narcissus", die Stimme des Kaisers klang wie ein bittendes Flehen, „das alles ist doch nicht wahr. Sag mir, dass es nicht wahr ist."

„Das würde ich gern, mein Kaiser, aber ich kann es nicht. Jedes Wort dieser beiden Frauen entspricht der Wahrheit. Und das ist nur der Gipfel der Vermessenheiten, die sich die Kaiserin seit Jahren erlaubt. Doch ich wagte es nicht, dir davon zu berichten. Seit Jahren belügt und betrügt Messalina dich. Und nun trachtet sie dir sogar nach dem Leben. Du musst jetzt handeln, sofort, eh es zu spät ist."

„Bin ich denn überhaupt noch Kaiser?", stotterte der zitternde Claudius ängstlich. „Ist denn überhaupt noch etwas zu retten?"

„Gewiss, mein Kaiser", erwiderte Narcissus ruhig.

„Aber was soll ich jetzt tun, Narcissus? Du musst mir helfen. Ich kann das alles immer noch nicht fassen. Wie konnte sie mir das nur antun?"

Eilig sprang Narcissus hinzu, um den ins Wanken geratenen Kaiser zu stützen.

„Hol sofort den Arzt", befahl er einem Sklaven, und dann, an den Kaiser gewandt, fuhr er fort: „Gib mir für zwei Tage den Oberbefehl über deine Truppen, mein Kaiser, damit ich in Rom Ordnung schaffen kann. Nur zwei Tage, und ich werde dir alle Verschwörer zu Füßen legen. Keiner wird entkommen. Das schwöre ich dir, Cäsar."

Müde, sich nach Ruhe sehnend, willigte der gebrochene Kaiser ein.

„Alles soll so geschehen, wie du es verlangst. Nimm das Heer, und schaffe Ordnung."

Erleichtert verneigte Narcissus sich vor dem Kaiser. Die Tatsache, dass Claudius alle Macht in seine Hände gelegt hatte, stellte sicher, dass er der

Kaiserin keine Gelegenheit mehr geben würde, sich vor dem Kaiser zu rechtfertigen. Messalina würde sterben und ihre gemeinsamen Geheimnisse mit ins Grab nehmen.

Dem eintretenden Xenophon, dem Leibarzt des Kaisers, trug der Kabinettsekretär auf, Claudius ein Beruhigungsmittel zu geben und in seiner Sänfte dann unverzüglich nach Rom zurückzubringen. Dann verließ Narcissus eilig das Zelt, um den Prätorianern seine Befehle zu übermitteln.

Messalina war glücklich. Zum ersten Mal in ihrem Leben fühlte sie sich restlos zufrieden. Sie liebte den Mann an ihrer Seite. Gemeinsam mit ihm würde sie erfolgreich das römische Imperium regieren. Silius verliebte Blicke zuwerfend, genoss die Kaiserin den Tanz der nur dürftig bekleideten Jungen und Mädchen, die zu Ehren des Gottes Bacchus ihre Körper in immer wilderer Ekstase bewegten. Wie herrlich konnte das Leben doch sein, wenn man liebte und geliebt wurde.

Silius, mit einem Efeukranz geschmückt, lag neben der Kaiserin. Die Tatsache, dass Narcissus ihm entkommen war, hatte ihn lange genug besorgt. Fest entschlossen, sich den Tag durch ein solch kleines Missgeschick nicht länger verderben zu lassen, sprach er eifriger als gewöhnlich dem Wein zu, und schließlich gelang es ihm doch noch, sich mit den Hochzeitsgästen an dem ausgelassenen Treiben zu erfreuen.

Da die Hochzeitsfeierlichkeiten bereits am frühen Morgen begonnen hatten, war es nicht verwunderlich, dass die meisten der Gäste bereits in den Nachmittagsstunden völlig betrunken waren. Ausgelassen lachte man und vergaß alle möglichen Gefahren. Als einer der betrunkenen Hochzeitsgäste voll Übermut auf einen der Bäume im Garten des Silius zu klettern begann, hatte die Ausgelassenheit bereits ihren Höhepunkt erreicht. Und so hielt man die Bemerkung des sich auf dem Gipfel der Pinie festklammernden Cäsonius zuerst nur für einen Scherz.

„Dort über dem Janiculus steht eine schwarze Wand. Ich glaube, es braut sich ein Gewitter zusammen."

Noch einmal ließ Cäsonius seinen Blick in die angegebene Richtung schweifen.

„Nein!", rief er plötzlich wie von Sinnen. „Das ist kein Gewitter, das sind die Truppen des Kaisers. Schnell! Fort hier! Rette sich, wer kann."

Mühsam kletterte Cäsonius an der Pinie wieder hinunter. Als er endlich den sicheren Boden erreicht hatte, hatte die Hochzeitsgesellschaft sich bereits in alle Himmelrichtungen verteilt. Zurückgeblieben war eine völlig entsetzte, fassungslose, keinen Rat wissende Kaiserin.

Was sollte sie jetzt tun? Alle hatten sie verlassen. Sogar Silius hatte es plötzlich eilig gehabt, sich von ihr zu entfernen. Unter dem Vorwand auf dem Capitol eilige Geschäfte erledigen zu müssen, hatte er ihr den Rücken gekehrt und war verschwunden.

Panische Angst stieg plötzlich in Messalina empor. War sie diesmal zu weit gegangen? Hatte sie das Schicksal zu sehr herausgefordert? Wie sicher hatte sie sich doch noch vor wenigen Augenblicken gefühlt. Und nun plötzlich schien alles vor ihren Augen zusammenzubrechen. Was konnte, was sollte sie jetzt tun?

Claudius – der Gedanke an ihren Ehemann ließ sie schaudern. Hatte sie nicht eben noch seinen Tod geplant? Doch wer wusste das schon? Wenn sie alle Schuld auf Silius schob, würde er ihr nicht glauben? Hatte er ihr nicht immer bedingungslos vertraut? Mit grenzenloser Klarheit erkannte Messalina, dass es nur einen Weg gab, ihr Leben zu retten. Sie musste allen Verleumdern zuvorkommen. Jetzt gleich musste sie zu Claudius und sich bei ihm rechtfertigen. Messalina war sicher, er würde ihr vergeben, so wie er ihr immer vergeben hatte.

Sich im Garten umblickend, erkannte die Kaiserin, dass von allen ihren Dienerinnen ihr allein Lydia geblieben war.

„Schnell, Lydia, wir dürfen keine Zeit verlieren. Lass uns Vibida, die älteste der Vestalinnen aufsuchen. Sie wird sich nicht weigern, beim Kaiser für mich zu bitten. Und dann lass uns die Kinder aus dem Palast holen. Mit ihnen werden wir dem Kaiser entgegenfahren. Selbst wenn er sich weigert, Messalina, die Ehefrau und Kaiserin, zu empfangen, die Mutter seiner Kinder wird er vorlassen. Und wenn ich erst zu Claudius gelangt bin, werde ich schon Mittel und Wege finden, den Kaiser von meiner Unschuld zu überzeugen. Er wird mir vergeben. Davon bin ich überzeugt.!

Das Ende

Ein Schrei des Entsetzens entfuhr Messalinas Kehle. War dies alles wirklich geschehen, oder hatte sie nur einen Alptraum gehabt? Es war doch einfach nicht möglich, dass man von hoch oben so tief stürzen konnte. Mit trauriger Gewissheit wurde Messalina sich der Tatsache bewusst, dass sie sich einfach zu sicher gefühlt hatte. Nie hätte sie es für möglich gehalten, dass ihr Plan misslingen könnte, sie alles verlieren, anstatt alles gewinnen würde. Was blieb ihr jetzt noch zu tun übrig? War Selbstmord denn wirklich der einzige Ausweg?

Ruhelos schritt Messalina in ihrem Schlafzimmer auf und ab. Wo blieb nur Lydia? Hatte auch sie sie verlassen? Warum kam sie nicht zurück?

Am späten Nachmittag endlich kehrte die Sklavin in Messalinas Haus in die Lucullischen Gärten zurück. Die Nachrichten, die sie der wartenden Kaiserin brachte, waren alles andere als ermutigend.

Messalina, die in Lydias Gesicht zu lesen verstand, sagte fest: „Sprich! Schone mich nicht. Ich will es wissen. Was hat Narcissus gesagt? Wie ist die Stimmung in der Stadt? Warum kommst du erst jetzt?"

„Ich musste warten, bis die Gerichtsverhandlung zu Ende war", antwortete Lydia vorsichtig.

„Die Gerichtsverhandlung? Welche Gerichtsverhandlung?", fragte Messalina ängstlich.

„Die Gerichtsverhandlung, die unter der Leitung des Narcissus den ganzen Vormittag über in der Basilica Julia währte", entgegnete Lydia zurückhaltend.

„Und gegen wen wurde verhandelt?", fragte die Kaiserin, die Antwort ahnend.

„Gegen die Verschwörer", antwortete Lydia.

„Wie lautete das Urteil?"

Messalina stockte der Atem. Eigentlich brauchte sie die Antwort gar nicht erst abzuwarten. Sie kannte sie. Trotzdem wartete sie geduldig, bis Lydia den Mut fand, zu sagen: „Tod, Herrin. Sie alle sind zum Tod verurteilt und anschließend sofort hingerichtet worden. Der edle Silius war der Erste, der durch den Henker fiel. Ihm folgten Titus Proculus, Juncus Vergilianus, Sulpicius Rufus, Decrius Calpurnianus, Vettius Valens, Sanfeius Trogus, Traulus Montanus und Plantius Lateranus. Sie alle nahmen das Todesurteil widerspruchslos hin. Allein Mnester verteidigte sich. Er behauptete, der Kaiser selbst habe ihm den Befehl zum Ehebruch gegeben. Claudius schien daraufhin gewillt zu sein, Mnester zu begnadigen. Doch Narcissus blieb hart. Und Claudius musste sich beugen, hatte er selbst doch dem Narcissus die richterliche Gewalt über die Verschwörer übertragen."

Zutiefst bestürzt ließ die Kaiserin sich auf einen Stuhl sinken. Silius war tot, alle ihre Getreuen hingerichtet. Und selbst der arme Mnester, dessen einziges Verbrechen darin bestanden hatte, dem Kaiser zu gehorchen, hatte man nicht geschont. Angewidert verzog Messalina das Gesicht.

„Narcissus, du gemeiner, hinterhältiger Mörder. Nun stehe nur noch ich dir im Weg."

Ihren Zorn hinunterschluckend, fragte Messalina schließlich: „Hast du Narcissus gesprochen?"

„Nein", antwortete Lydia traurig. „Er wollte mich nicht empfangen. Aber der Kaiser lässt dir ausrichten, dass du dich morgen vor dem Senat für deine Handlungsweise zu verantworten hast."

„Der Kaiser."

Messalinas Augen bekamen plötzlich einen eigenartigen Glanz. Claudius hatte sie also noch nicht abgeurteilt. Er wenigstens war bereit, ihr die Möglichkeit zu geben, sich zu rechtfertigen. Erleichterung erfasste Messalina. Noch war also nicht alles verloren.

„Morgen. Gut Morgen. Dann werde ich jetzt zu Bett gehen, damit ich morgen alle meine Kraft beisammenhabe. Geh, Lydia, lass mich allein."

Ergeben verneigte die Sklavin sich vor ihrer Herrin und verließ dann deren Gemächer. Sich erneut Hoffnung machend, fiel Messalina in einen kurzen, unruhigen Schlaf.

Ein lautes Poltern an der Tür ließ die Kaiserin plötzlich in ihrem Bett auffahren. Was war das? Wer begehrte zu dieser späten Stunde Einlass? Nichts Gutes ahnend, blickte Messalina sich um. Die in ihr Schlafgemach stürmende Lepida, deren bleiches, entsetztes Gesicht Messalina alles sagte, hielt der Tochter den Dolch hin.

„Tu es jetzt, mein Kind, schnell. Draußen stehen die Männer des Narcissus. Sie kommen, um dich zu töten. Komm ihnen zuvor. Stirb in Ehre."

Zitternd griff Messalina nach dem Dolch, hielt ihn an die Kehle. Doch ihr fehlte die Kraft zuzustoßen. Sie, die bedenkenlos den Tod so vieler Menschen veranlasst hatte, hatte selbst nicht den Mut zu sterben. Sie wollte leben, noch immer.

Aber Narcissus wollte ihren Tod. Messalina begann sich zu fragen, wie sie nur so töricht hatte sein können, sich bis zum Morgen in Sicherheit zu wiegen. Natürlich konnte und durfte Narcissus es niemals zulassen, dass sie vor dem Senat erschien. Schließlich konnte ihre Aussage ihm den Tod bringen. Weil er sie fürchtete, darum musste sie sterben.

Kreidebleich starrte die Kaiserin auf die Tür, vor der lautes Getöse zu hören war. Noch immer versuchte die treue Lydia, die gekauften Mörder am Eindringen zu hindern. Doch das konnte ihr natürlich nicht gelingen. Der Preis für ihr Leben, den Narcissus diesen Meuchelmördern geboten hatte, war gewiss hoch gewesen.

Wenige Augenblicke später standen drei grobschlächtige Männer im Zimmer, die Schwerter gezückt. Hilflos ließ die Kaiserin den Dolch aus der Hand gleiten. Ängstlich schluchzend blickte sie ihren Mördern entgegen. Mit einem Aufschrei des Entsetzens sah die Kaiserin einen von ihnen auf sich zukommen und das gezogene Schwert in ihren Körper stoßen. Sich an den durchbohrten Unterleib fassend, stürzte Messalina zu Boden. Noch während des Falls begann ein verzücktes Lächeln die Gesichtszüge der Kaiserin zu erhellen.

„Sage dem Narcissus von mir, dass Verrat sich niemals auszahlt. Sag ihm, schon bald wird er sich sehnsüchtig nach den Zeiten der Kaiserin Messalina zurücksehnen."

Mit einem wissenden Lächeln auf den Lippen hauchte Messalina ihr Leben aus, an dem sie bis zum letzten Augenblick gehangen hatte. Allein die Tatsache, dass der Augenblick des Sterbens ihr eine kurze Vision der Zukunft geschenkt hatte, gab ihr die Kraft, wenigstens in der Stunde ihres Todes mit kaiserlicher Würde zu sterben.

Narcissus, ja, er würde schon bald bereuen, was er ihr angetan hatte. Sein Blut würde dereinst ihr Grab tränken, und vielleicht würde selbst ein Mann wie Narcissus in diesem Augenblick erkennen, dass Verrat niemals ungesühnt blieb. Solange in Rom die Götter regierten, siegte am Ende doch immer die ausgleichende Gerechtigkeit.

Zu den Personen

Die legendäre Kaiserin Valeria Messalina, deren Name bis in unsere Zeit den Beigeschmack von Anrüchigkeit, Sittenlosigkeit und Frivolität bewahrt hat, wurde wahrscheinlich im Jahr 24 nach Christus geboren. Sie war die Tochter des Marcus Valerius Messala Barbatus, dessen Großmutter die Schwester des Kaisers Augustus, Octavia, war. Mütterlicherseits stammte Messalina hingegen von Marcus Antonius (er war ihr Urgroßvater) ab. So floss auch in ihren Adern das sich schon bei Kaiser Caligula als verhängnisvolle Mischung erwiesene Blut der beiden so unterschiedlichen Charaktere von Marcus Antonius und des Kaisers Augustus, die im Jahr 31 vor Christus in der Schlacht bei Actium um die Weltherrschaft gestritten hatten.

Und so wie bei Caligula gewann auch bei Messalina schließlich das leidenschaftliche Blut des Marcus Antonius die Oberherrschaft über die kühle, nüchterne Denkweise eines Oktavian (Kaiser Augustus).

In jungen Jahren, wahrscheinlich war Messalina erst sechzehn, heiratete sie den achtundvierzigjährigen Onkel des herrschenden Kaisers Caligula, Claudius. Der durch Kinderlähmung gezeichnete Claudius, nach Überlieferungen kein sehr schöner Anblick, galt am Hof allgemein als Schwachkopf. Dass er nach der im Januar 41 nach Christus stattfindenden Ermordung Caligulas Kaiser werden würde, kam daher völlig überraschend. Es war das Werk der Prätorianer, die lieber einem schwachsinnigen

Kaiser als einem für sie keine Verwendung habenden Senat dienen wollten.

Dass der an die Macht gekommene Claudius sich dann durchaus als fähiger Politiker erweisen würde, konnte zu diesem Zeitpunkt kaum jemand ahnen. Und doch stand dem Reich unter seiner Herrschaft eine Zeit der Stabilisierung bevor.

Doch so klug sich der Kaiser in politischer Hinsicht zeigte, so wenig Geschick bewies er in häuslichen Dingen. Stützte er sich bei seiner Politik auf fähige Freigelassene wie Narcissus, Pallas, Callistus und Polybius, die ihn beim Regieren erfolgreich unterstützten, so wurden die Frauen ihm zum Verhängnis.

Messalina war bereits seine vierte Gemahlin, als er im Jahr 41 die Regierung übernahm. Sie schenkte Claudius zwei Kinder, Octavia und Britannicus, die beide später von Kaiser Nero ermordet wurden.

Messalina, sich der Tatsache bewusst, dass der Kaiser ihr gegenüber stets Nachsicht üben würde, überließ sich bald einem hemmungslosen und ausschweifenden Lebenswandel. Um sich dieses luxuriöse Leben leisten zu können, verbündete sie sich mit Narcissus, Pallas und Callistus, die einträglichen Nebeneinnahmen ebenfalls nicht abgeneigt waren.

Den vielen Intrigen der Kaiserin fielen namhafte römische Bürger zum Opfer, teils weil sie sich weigerten, mit der Kaiserin das Bett zu teilen, teils weil ihr Besitz das Auge der habgierigen Messalina und ihrer Helfer gereizt hatte. So schreckte Messalina auch nicht davor zurück, ihren

Stiefvater Gaius Appius Junius Silanus zu vernichten. Zu ihren weiteren Opfern zählen Julia Livilla, die Nichte des Kaisers, Julia, die Tochter des Drusus, Catonius Justus, Marcus Vinicius, Valerius Asiaticus, Gnäus Pompeius Magnus und der Berater des Kaisers Polybius.

Von ihrer Höhe stürzte sie herab, weil sie versuchte, ihren Liebhaber Gaius Silius an Claudius Stelle zum Kaiser zu machen.

Der den Machenschaften der Kaiserin und ihrer ständigen Einmischungen in die Politik schon lange überdrüssig gewordene Narcissus ließ sie in ihrer Villa in den Lucullischen Gärten, wohin sie sich nach der Niederschlagung des Komplotts geflüchtet hatte, ermorden, weil er befürchtete, der Kaiser könnte ihr noch einmal verzeihen. Sie war gerade 24 Jahre alt, als sie starb.

Dass er damit seinen eigenen Sturz vorbereitete, ahnte Narcissus nicht. Agrippina, die sich mit Pallas zusammengetan hatte, ließ ihn, zur Kaiserin geworden, am Grab der Messalina hinrichten. Sie war es auch, die Claudius im Jahr 54, nachdem er ihren Sohn Nero adoptiert hatte, vergiften ließ.

Worterklärungen

Ala	Halle, in der die Büsten der Ahnen aufbewahrt wurden
Atrium	zum Himmel geöffneter, unmöblierter Raum
Cubiculum	römisches Schlafzimmer
Insula	mehrstöckiger, dichtbesiedelter Wohnblock
Kline	römische Essliege
Lupanar	öffentliches römisches Bordell
Subura	dicht bevölkertes, vor allem von Gewerbetreibenden besiedeltes Wohngebiet mit schlechtem Ruf
Tablinum	Speisesaal für offizielle Anlässe mit Sitzgelegenheiten zu beiden Seiten
Triclinium	Speiseraum für private Zwecke
Vestibulum	Ankleideraum
Viridarium	von Marmorsäulen getragener Wandelgang, der zum Garten offen ist